氷《こおり》の上《うえ》のプリンセス

ジュニア編 1

風野《かぜの》 潮《うしお》／作《さく》　Nardack《ナルダク》／絵《え》

講談社 青い鳥文庫

もくじ

2
1
3

おもな登《とう》場《じょう》人《じん》物《ぶつ》

春野かすみ　はるの かすみ

桜《さくら》ヶ《が》丘《おか》スケートクラブ所属《しょぞく》の中学1年生《ねんせい》。小学《しょうがく》5年生《ねんせい》の冬《ふゆ》に父親《ちちおや》を交通事故《こうつうじこ》で亡《な》くしている。ちょっと引《ひ》っ込《こ》み思案《じあん》のところもあるけれど、フィギュアスケートが大好《だいす》きなことではだれにも負《ま》けない。

小泉真子　こいずみ まこ

かすみの同級生《どうきゅうせい》。桜《さくら》ヶ《が》丘《おか》スケートクラブで、かすみと練習《れんしゅう》に励《はげ》んでいる。明《あか》るくてがんばり屋《や》で正義《せいぎ》感《かん》が強《つよ》い。運動神経《うんどうしんけい》も抜群《ばつぐん》！

水島 塁　みずしま るい

かすみの同級生《どうきゅうせい》。桜《さくら》ヶ《が》丘《おか》スケートクラブ所属《しょぞく》。快活《かいかつ》でやんちゃで、女子《じょし》に人気《にんき》があるが、ひそかにかすみのことが好《す》き。真子《まこ》のいとこ。

瀬賀冬樹　せが ふゆき

かすみが思《おも》いをよせる憧《あこが》れの先輩《せんぱい》。高校《こうこう》1年生《ねんせい》でカナダにスケート留学《りゅうがく》中《ちゅう》。オレ様《さま》な感《かん》じだけど、カッコよくてスケートも抜群《ばつぐん》にうまい！　将来《しょうらい》を期待《きたい》されている実力派《じつりょくは》エース。

涼森美桜　すずもり みお

雑誌《ざっし》のモデルや子役《こやく》もこなす美人《びじん》でオシャレな同級生《どうきゅうせい》。桜ヶ丘《さくらがおか》スケートクラブ所属《しょぞく》で、スケートもうまい。気《き》が強《つよ》く、ハッキリした性格《せいかく》。

島崎愛波　しまざき まなみ

かすみのクラスメイト。家族《かぞく》みんながフィギュアファンで、かすみの衣装《いしょう》を作《つく》ってくれるなど、親身《しんみ》になって応援《おうえん》してくれている。

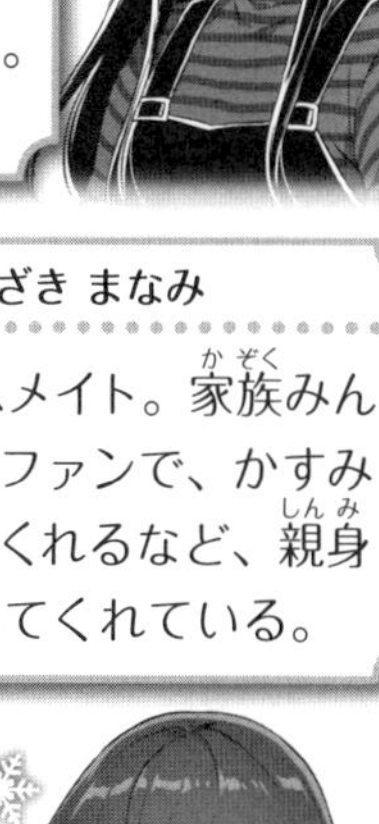

山下知佳　やました ともか

中学《ちゅうがく》に入《はい》ってはじめてできたかすみの親友《しんゆう》。無口《むくち》だが頼《たよ》りになるクラスメイト。成績優秀《せいせきゆうしゅう》で、お昼休《ひるやす》みに勉強《べんきょう》を教《おし》えてくれる。

これまでのお話《はなし》

わたし、**春野《はるの》かすみ**。

パパが亡《な》くなったショックで、
フィギュアスケートのジャンプが
とべなくなってしまったの……。

でも、ある日出会《ひであ》ったおばあさんの援助《えんじょ》で、
桜ヶ丘《さくらがおか》スケートクラブに入《はい》れて、また
リンクに立《た》てるようになったんだ！

それからは
真子《まこ》ちゃんや塁《るい》くんと
練習《れんしゅう》の日々《ひび》！

あこがれの先輩《せんぱい》・**瀬賀《せが》くん**にも
出会《であ》ったの。

カッコよすぎて、

もう**ドキドキ**……。

みんなでがんばって、
いろいろな大会《たいかい》に出場《しゅつじょう》したよ。
全日本《ぜんにほん》ノービスや
全日本《ぜんにほん》ジュニアで、
ジゼルや
シンデレラを
演《えん》じたんだ。
大変《たいへん》なこともいっぱいあったけど、
そんなときは
お守《まも》りペンダントと
パパの言葉《ことば》が
勇気《ゆうき》をくれたの。

そして、この巻《かん》から
いよいよ
ジュニア編《へん》が
スタート!!

ドキドキ、ワクワクの
わたしたちに、
いったい何《なに》が!?
そして、
瀬賀《せが》くんとの**恋《こい》**は!?

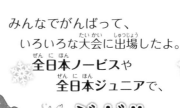

はじめに

こんにちは！　風野潮《かぜのうしお》です。もしかしたら「はじめまして。」の読者《どくしゃ》さんもいるかもしれませんね。

この『氷《こおり》の上《うえ》のプリンセス』シリーズですが、⑩巻《かん》までは「ノービス編《へん》」で、この巻《かん》から「ジュニア編《へん》」が始《はじ》まります。

ノービスもジュニアも、フィギュアスケートの年齢別《ねんれいべつ》のカテゴリー（分類《ぶんるい》）のこと。九歳《さい》から十二歳《さい》までの選手《せんしゅ》はノービス、十三歳《さい》から十八歳《さい》までの選手《せんしゅ》はジュニア*の試合《しあい》に参加《さんか》します（スケートでは学校《がっこう》の学年《がくねん》とちがって七月一日《がつついたち》で区切《くぎ》られています）。

ノービスからジュニアになっていちばん変《か》わることは、フリースケーティング（以下《いか》フリー）一本勝負《いっぽんしょうぶ》だったのが、ショートプログラム（以下《いか》ショート）とフリーのふたつのプログラムの合計点《ごうけいてん》で順位《じゅんい》を争《あらそ》うようになることです。ショートを失敗《しっぱい》してもフリーで逆転《ぎゃくてん》できたり、逆《ぎゃく》にショートでよい成績《せいせき》だったせいでフリーで緊張《きんちょう》したり……ドラマチックな展開《てんかい》がおこりやすくなります。

そして、いちばん大《おお》きなちがいは大《おお》きな国際大会《こくさいたいかい》があること！

シニア（大人《おとな》）の大会《たいかい》でおなじみの「グランプリシリーズ」にはジュニアカテゴリーの大会《たいかい》もあって、同《おな》じように順位《じゅんい》によってポイントを多《おお》く獲得《かくとく》した選手《せんしゅ》はジュニアの「グランプリファイナル」に出場《しゅつじょう》することができます。

グランプリファイナルはジュニアとシニアが同《おな》じ会場《かいじょう》でおこなわれるので、最近《さいきん》ではジュニアの演技《えんぎ》もテレビで放送《ほうそう》されるようになりました。なにより、ジュニアの参加選手《さんかせんしゅ》はシニアのトップ選手《せんしゅ》の演技《えんぎ》を間近《まぢか》で見《み》ることができるし、バンケットというパーティーにもいっしょに参加《さんか》できる、夢《ゆめ》のような大会《たいかい》なのです。

シニアと同《おな》じ会場《かいじょう》ではないけれど、ジュニアにも世界選手権《せかいせんしゅけん》があって、こちらもここ数《すう》年《ねん》テレビでも放送《ほうそう》されるようになってきました。

ジュニア選手《せんしゅ》の演技《えんぎ》がテレビでも見《み》られるようになったのは、日本人選手《にほんじんせんしゅ》たちの活躍《かつやく》がめざましく、今《いま》まで何人《なんにん》ものジュニア王者《おうじゃ》・ジュニア女王《じょおう》が誕生《たんじょう》してきたおかげなのです。

すばらしい演技《えんぎ》をすれば、世界《せかい》の大舞台《おおぶたい》に立《た》つことができる……ジュニアのグランプリファイナルや世界選手権《せかいせんしゅけん》の優勝《ゆうしょう》をめざすところから、将来《しょうらい》シニアの世界《せかい》チャンピオンやオリンピックチャンピオンになれるかも……と、夢《ゆめ》は無限《むげん》にひろがります。

氷《こお》プリもジュニア編《へん》が始《はじ》まり、かすみたちも「世界《せかい》への第一歩《だいいっぽ》」をふみだします。

きっと、つらいことや悲《かな》しいこともいっぱいあるたいへんな道《みち》のりですが、自分《じぶん》を信《しん》じて思《おも》いっきりがんばるかすみたちへの応援《おうえん》、これからもよろしくお願《ねが》いします！

風野《かぜの》　潮《うしお》

＊ジュニアの試合《しあい》＝全日本《ぜんにほん》ノービス（ノービスA《エー》）の一位《い》から三位《い》の選手《せんしゅ》は、全日本《ぜんにほん》ジュニアに特別出場《とくべつしゅつじょう》することができます。ですので、今《いま》までの巻《かん》でかすみが全日本《ぜんにほん》ジュニアに出場《しゅつじょう》しているシーンもあります。

1 はりきって早朝練習《そうちょうれんしゅう》

傷《きず》ひとつなく鏡《かがみ》のように美《うつく》しいスケートリンクに向《む》かって「おはようございます。」と頭《あたま》を下《さ》げる。

リンクの中《なか》には、まだだれもいない。それでも人《ひと》はいなくても、いつもお世話《せわ》になっているリンクの氷《こおり》に向《む》かってあいさつするのが、練習前《れんしゅうまえ》の習慣《しゅうかん》になっていた。

今日《きょう》は、スケートクラブの早朝練習《そうちょうれんしゅう》のある日《ひ》。

二月《がつ》のはじめにある「全中《ぜんちゅう》」（全国中学校《ぜんこくちゅうがっこう》スケート大会《たいかい》）まで二週間《しゅうかん》を切《き》って、練習《れんしゅう》もラストスパートに入《はい》るころだった。

家《いえ》がリンクから近《ちか》い、歩《ある》いて五分《ふん》くらいのところにあるおかげで、早朝練習《そうちょうれんしゅう》の日《ひ》は、だれよりも早《はや》く来《く》ることができる。

リンクサイドでストレッチして体《からだ》をほぐしたあと、リンクをひとりだけでめいっぱい使《つか》って、コンパルソリーをするのが、早朝練習《そうちょうれんしゅう》でのいちばんの楽《たの》しみだった。

スケート靴《ぐつ》のエッジを使《つか》って、氷《こおり》の上《うえ》に円《えん》や8の字《じ》などの図形《ずけい》を描《えが》くことをコンパルソリーっていうんだけど、昔《むかし》は試合《しあい》でもその正確《せいかく》さを競《きそ》う種目《しゅもく》があったんだって。

もともとフィギュアスケートの「フィギュア」は「図形《ずけい》」という意味《いみ》で、氷《こおり》の上《うえ》に図形《ずけい》を描《えが》くことが始《はじ》まりだったそうなので、コンパルソリーは基本中《きほんちゅう》の基本《きほん》なんだ。

やっていることは基礎《きそ》のくりかえしだけど、練習《れんしゅう》を始《はじ》めるときは毎回新《まいかいあら》たな気持《きも》ちでリンクの氷《こおり》と向《む》かい合《あ》う。

今日《きょう》も一日《いちにち》がんばるぞ！

心《こころ》の中《なか》で気合《きあい》を入《い》れて、深呼吸《しんこきゅう》してからすべりだした。

片足《かたあし》を少《すこ》し前《まえ》のほうに上《あ》げて、氷《こおり》についたほうの足《あし》だけでバランスのよい8の字《じ》を描《えが》いていく。

もう少《すこ》しできれいな8ができる、と思《おも》ったとき、大《おお》きな声《こえ》にビックリしてしまって、線《せん》がつながらず、いびつな8になってしまった。

「外《そと》、すっげー雪《ゆき》だよ！　吹雪《ふぶき》みたいになってんの！　初雪《はつゆき》だよ、かすみちゃん！」

ロッカールームから貸《か》し靴《ぐつ》コーナー前《まえ》を通《とお》りすぎて、リンクサイドに駆《か》けこんできたのは、リンクメートの水島塁《みずしまるい》くん。

わたし・春野《はるの》かすみと同《おな》じく、桜《さくら》ヶ丘《がおか》スケートクラブに通《かよ》っている同《おな》い年《どし》の中学《ちゅうがく》一年生《ねんせい》だ。

「ちょっと塁《るい》、はしゃぎすぎ！　かすみちゃんコンパルソリー中《ちゅう》だったのに、邪魔《じゃま》しちゃダメだよ。」

そういいながら塁《るい》くんを追《お》いかけてきたのは、塁《るい》くんのいとこでやっぱり同《おな》い年《どし》の小泉《こいずみ》真子《まこ》ちゃん。

小学《しょうがく》六年《ねん》に進級《しんきゅう》するタイミングでこの町《まち》に引《ひ》っ越《こ》してきたときに、真《ま》っ先《さき》に声《こえ》をかけてくれて友《とも》だちになったのが真子《まこ》ちゃんだった。

「べつに、大声《おおごえ》だけならそんなに邪魔《じゃま》じゃないよ。」

にっこり笑《わら》ってそういうと、肩《かた》をすくめた真子《まこ》ちゃんとは対照的《たいしょうてき》に、塁《るい》くんは「見《み》て見《み》て！」っていいながら、リンクの手《て》すりごしに自分《じぶん》の手袋《てぶくろ》をつきだした。

「ほら、まだとけずに残《のこ》ってるよ、雪《ゆき》の結晶《けっしょう》！」

知《し》り合《あ》ってすぐのころとちがって、わたしたちよりずっと背《せ》が高《たか》くなったのに、塁《るい》くんはあいかわらず子《こ》どもっぽいところも多《おお》かった。

毛糸《けいと》の手袋《てぶくろ》の指先《ゆびさき》に、ちょこんとのっかっている雪《ゆき》の結晶《けっしょう》を、キラキラした目《め》で見《み》つめている塁《るい》くんは、ほんとに小《ちい》さな子《こ》どもみたい。

そんな塁《るい》くんの姿《すがた》を、真子《まこ》ちゃんと、ふたりのすぐあとにリンクサイドに入《はい》ってきた涼《すず》森美桜《もりみお》ちゃんが、ほほえみながら見《み》つめている。

美桜《みお》ちゃんも同《おな》い年《どし》のリンクメートで、フィギュアスケートを習《なら》うかたわら、雑誌《ざっし》のモデルをしたりドラマに出《で》たりもしている人気子役《にんきこやく》なんだけど、ずっと前《まえ》から塁《るい》くんのことが好《す》きみたいなんだ。

と思《おも》ってたんだけど——。

「今《いま》ふってる雪《ゆき》は、初雪《はつゆき》じゃないわよ。初雪《はつゆき》っていうのはね、冬《ふゆ》のはじめにはじめてふる雪《ゆき》のことなんだから、もう去年《きょねん》の十二月《がつ》にふったでしょ。」

美桜《みお》ちゃんは、ものすごい勢《いきお》いで塁《るい》くんのまちがいを指摘《してき》した。

今《いま》でも塁《るい》くんのことが好《す》きなのはまちがいないはずなんだけど、それとこれとは別《べつ》って

感《かん》じみたい。だれに対《たい》してもビシビシなんでも指摘《してき》する性格《せいかく》の美桜《みお》ちゃんらしいよね。

わたしたちが所属《しょぞく》している桜ヶ丘《さくらがおか》スケートクラブには、幼稚園《ようちえん》の年少《ねんしょう》さんから大学生《だいがくせい》まで幅広《はばひろ》い年齢《ねんれい》のクラブ員《いん》がいる。

さすがに幼稚園児《ようちえんじ》は早朝練習《そうちょうれんしゅう》には来《き》ていないし、学校《がっこう》が遠《とお》くなった高校生《こうこうせい》や大学生《だいがくせい》も、あまり早朝《そうちょう》には来《こ》なくて、火曜《かよう》と木曜《もくよう》の夕方《ゆうがた》の貸《か》し切《き》り時間《じかん》で会《あ》うことが多《おお》い。

朝《あさ》の貸《か》し切《き》り時間《じかん》に来《く》るのは、小学校高学年《しょうがっこうこうがくねん》～中学生《ちゅうがくせい》ぐらい――試合《しあい》のカテゴリー分《わ》けでいうノービス（九歳《さい》～十二歳《さい》）とジュニア（十三歳《さい》～十八歳《さい》）の選手《せんしゅ》が多《おお》かった。

今朝《けさ》の早朝練習《そうちょうれんしゅう》に参加《さんか》している顔《かお》ぶれには、世界《せかい》の舞台《ぶたい》で戦《たたか》っている「強化選手《きょうかせんしゅ》」の高《こう》校生《こうせい》ふたりもまじっている。

昨《さく》シーズンの世界《せかい》ジュニア女王《じょおう》で、今《こん》シーズンからシニアの大会《たいかい》に出《で》ている星崎真白《ほしざきましろ》ちゃんと、去年秋《きょねんあき》の全日本《ぜんにほん》ジュニアで三位《い》になり、再来月《さらいげつ》にある世界《せかい》ジュニアの日本代表《にほんだいひょう》に選《えら》ばれている田之上秋人《たのうえあきと》くんのふたりが、スケート連盟指定《れんめいしてい》の強化選手《きょうかせんしゅ》だ。

特《とく》に真白《ましろ》ちゃんは、国際大会《こくさいたいかい》で表彰台《ひょうしょうだい》に乗《の》ったこともあるし、シニアの全日本選手権《ぜんにほんせんしゅけん》でも二位《い》だった、文字《もじ》どおり日本《にほん》トップクラスの選手《せんしゅ》。

実力《じつりょく》がすごいだけじゃなく、金髪《きんぱつ》に近《ちか》いほど色素《しきそ》のうすいふわふわの髪《かみ》の毛《け》やぱっちりした瞳《ひとみ》がとてもきれいで、アイドルなみの人気《にんき》があるの。

ふつうなら「雲《くも》の上《うえ》の人《ひと》」ってイメージかもしれないけど、性格《せいかく》がとても明《あか》るくて気《き》さくで話《はな》しやすい先輩《せんぱい》だから、ついみんな「真白《ましろ》ちゃん」ってよんじゃうのよね。

真白《ましろ》ちゃんは世界《せかい》でも大注目《だいちゅうもく》の選手《せんしゅ》だから、テレビ局《きょく》から取材《しゅざい》チームがリンクに来《き》たりすることも何度《なんど》かあった。

そのおかげで、わたしたちも以前《いぜん》よりメンタルがきたえられて、大《おお》きな大会《たいかい》でリンクサイドにたくさんのカメラを見《み》かけても、あまり緊張《きんちょう》せずにすべれるようになった気《き》がする。

さすがに今日《きょう》みたいな早朝練習《そうちょうれんしゅう》には、取材《しゅざい》に来《く》る人《ひと》もいないけどね。

早朝練習《そうちょうれんしゅう》に参加《さんか》するメンバーが全員《ぜんいん》リンクに入《はい》ったころ、真白《ましろ》ちゃんやわたしを教《おし》えてくれている寺島先生《てらしませんせい》や、真子《まこ》ちゃんたちを指導《しどう》している木谷先生《きたにせんせい》を中心《ちゅうしん》としたコーチ陣《じん》の指示《しじ》で、基本《きほん》のスケーティング練習《れんしゅう》が始《はじ》まった。

最初《さいしょ》に寺島先生《てらしませんせい》と木谷先生《きたにせんせい》がお手本《てほん》で見《み》せてくれた動《うご》きをまねしながら、全員《ぜんいん》が列《れつ》を作《つく》ってリンクの長辺《ちょうへん》をはしからはしまですべっていく。

スケートを習《なら》っている年数《ねんすう》が長《なが》い順《じゅん》……だいたい年上《としうえ》の選手《せんしゅ》たちが先頭《せんとう》に立《た》って、年下《としした》の子《こ》たちの見本《みほん》になるようにすべる。

引《ひ》っ越《こ》してきてすぐのころは、パパが事故《じこ》で亡《な》くなったショックのせいでジャンプがとべなくなっていたり、今《いま》よりもっと内気《うちき》で人《ひと》より目立《めだ》つことが苦手《にがて》だったので、列《れつ》の後《うし》ろのほうにいることが多《おお》かった。

でも今《いま》は、クラブでいちばんじょうずにすべれる真白《ましろ》ちゃんの、しっかりとした足《あし》さばきや優雅《ゆうが》な雰囲気《ふんいき》を少《すこ》しでも見習《みなら》いたくて、いつもすぐ後《うし》ろについてすべるようにしているの。

ストローキングという、右足《みぎあし》と左足《ひだりあし》片足《かたあし》ずつに重心《じゅうしん》を乗《の》りかえながら前《まえ》に進《すす》んでいく基《き》本《ほん》の練習《れんしゅう》から始《はじ》まって、だんだん上半身《じょうはんしん》に腕《うで》の動《うご》きをつけたり、片足《かたあし》を後《うし》ろに高《たか》く上《あ》げたスパイラルの姿勢《しせい》ですべったりと、むずかしい動《うご》きになっていく。

すぐ前《まえ》にいる真白《ましろ》ちゃんは、だれよりも深《ふか》く靴《くつ》のエッジを倒《たお》しているのに、だれよりも安定《あんてい》した姿勢《しせい》で氷《こおり》に吸《す》いつくような足《あし》さばきですべっていく。

三つ年上《としうえ》で、もうシニアの舞台《ぶたい》で活躍《かつやく》している真白《ましろ》ちゃんのようには、まだまだすべれないわたしだけれど、それでも「いつかぜったいにあんなふうにすべれるようになるんだ。」って信《しん》じていれば、きっとかなうと思《おも》ってがんばってるんだ。

基本《きほん》のスケーティング練習《れんしゅう》が終《お》わると、次《つぎ》の試合《しあい》に向《む》けて、それぞれが今取《いまと》り組《く》んでいる課題《かだい》の練習《れんしゅう》を始《はじ》める。

わたしだけじゃなく、真子《まこ》ちゃんも美桜《みお》ちゃんも塁《るい》くんも、次《つぎ》の試合《しあい》は全中《ぜんちゅう》だった。会場《かいじょう》の長野《ながの》ビッグハットに行《い》くのははじめてだけど、みんないっしょだから心強《こころづよ》いよね。

美桜《みお》ちゃんはトリプルルッツ+トリプルトウループの連続《れんぞく》ジャンプ、真子《まこ》ちゃんはトリプルループ+トリプルトウループの連続《れんぞく》ジャンプを、くりかえし練習《れんしゅう》している。それぞれ最大《さいだい》の得点源《とくてんげん》になるコンビネーションジャンプだ。

ほんとうのシーズン切《き》りかえ時期《じき》は七月《がつ》だけど、全中《ぜんちゅう》からは中学《ちゅうがく》一年生《ねんせい》でもノービスではなくジュニアと同《おな》じ時間《じかん》のプログラムで試合《しあい》がおこなわれる。

中学《ちゅうがく》一年生《ねんせい》で、ショートとフリーの両方《りょうほう》で三回転《かいてん》+三回転《かいてん》のコンビネーションジャンプに挑《いど》むのは、日本《にほん》でもトップクラスの選手《せんしゅ》だという証明《しょうめい》みたいなものなんだ。

ノービスB《ビー》(九歳《さい》~十歳《さい》)の一年目《ねんめ》から全国《ぜんこく》で五位以内《いいない》に入《はい》ってた美桜《みお》ちゃんはともかく、小学《しょうがく》四年生《ねんせい》から本格的《ほんかくてき》にフィギュアを始《はじ》めた真子《まこ》ちゃんが三回転《かいてん》+三回転《かいてん》をとぶのは、ほんとにほんとにすごいことなの!

わたしもふたりに負《ま》けないようにトリプルフリップ+トリプルループのコンビネーションを練習中《れんしゅうちゅう》。

そして、もうひとつ練習中《れんしゅうちゅう》のジャンプは……。


「かすみちゃん! 今《いま》のトリプルアクセル、カンペキじゃん!」

ジャンプを着氷《ちゃくひょう》した体勢《たいせい》でフリーレッグを上《あ》げたまま、後《うし》ろにすうーっとすべっていると、すぐ近《ちか》くで拍手《はくしゅ》しながら塁《るい》くんがさけんだ。

いやそんな、カンペキっていってもらえるほどの完成度《かんせいど》じゃないけどね。

去年秋《きょねんあき》の全日本《ぜんにほん》ジュニアが終《お》わってから、練習《れんしゅう》しはじめたのは三回転半回《かいてんはんまわ》る、いわゆるトリプルアクセル。

ジャンプの種類《しゅるい》の中《なか》で、ただひとつ前向《まえむ》きにふみきるアクセルジャンプは、着氷《ちゃくひょう》はほかのジャンプと同《おな》じく後《うし》ろ向《む》きなので、そのぶん半回転多《はんかいてんおお》く回《まわ》ることになる。

だから、トリプルアクセルはトリプルと名《な》がつくジャンプの中《なか》ではいちばんむずかしいの。

桜《さくら》ケ丘《がおか》スケートクラブの中《なか》でも、トリプルアクセルがとべる選手《せんしゅ》の数《かず》は少《すく》ない。高校生《こうこうせい》の秋人《あきと》くんと真白《ましろ》ちゃん、それに塁《るい》くんとわたしの四人《にん》だけだ。

といっても、真白《ましろ》ちゃんとわたしはまだ試合《しあい》で成功《せいこう》……というかプログラムの中《なか》で挑戦《ちょうせん》したことはないんだけどね。

「今度《こんど》はおれがとぶから、見《み》てて！」

塁《るい》くんはニィッと笑《わら》ってそういうと、ものすごい速《はや》さで助走《じょそう》に入《はい》った。

一般滑走時間《いっぱんかっそうじかん》よりは人数《にんずう》は少《すく》ないけれど、それでもガラガラというわけではない中《なか》で、人《ひと》のあいだをぬって器用《きよう》にすべっていく。

ななめ前《まえ》にのばしたフリーレッグの先《さき》に視線《しせん》を向《む》けてから、大《おお》きく空《あ》いたスペースに体《からだ》全体《ぜんたい》を投《な》げだすように、塁《るい》くんは前向《まえむ》きに氷《こおり》をふみきった。

「うわぁっ！」

思《おも》わず声《こえ》が出《で》てしまうほど、高《たか》いジャンプ。とんだ幅《はば》も広《ひろ》くて、とんでる姿《すがた》を目《め》で追《お》うのがたいへんなくらいだ。

カンペキに三回転半回《かいてんはんまわ》りきった！　と思《おも》ったんだけど、回転《かいてん》の軸《じく》がななめにゆがんでいたせいで、まっすぐおりられず、しりもちをついてしまった。

「くっそぉ〜、コンビネーションにしようと思《おも》ったのにぃ。」

塁《るい》くんは試合《しあい》でも何度《なんど》もトリプルアクセルを成功《せいこう》させているので、今《いま》はコンビネーションジャンプにする練習《れんしゅう》をしているみたいだった。

「今《いま》のは、後《うし》ろにつけるジャンプのことばかり考《かんが》えすぎて、アクセルをふみきる前《まえ》に体《からだ》が前《まえ》のめりにつっこんでるから軸《じく》がブレたんだ。とびあがる前《まえ》は、まずアクセルに集中《しゅうちゅう》しなさい。コンボにするのは、きれいにとべたらだよ。」

コーチの木谷先生《きたにせんせい》のアドバイスに、塁《るい》くんは「はいっ！」と大声《おおごえ》でいいながらうなずいていた。

そうだよね、まずトリプルアクセルをきれいにとべていないと、次《つぎ》のジャンプがつけられないもんね。

まずアクセルに集中《しゅうちゅう》して、きれいにとべたらそのときは……。

木谷先生《きたにせんせい》のさっきの言葉《ことば》を自分《じぶん》にいってもらったような気持《きも》ちでかみしめながら、わたしももう一度《いちど》トリプルアクセルの助走《じょそう》に入《はい》る。

うまくいったときと同《おな》じ助走《じょそう》の角度《かくど》で、前向《まえむ》きにふみきるタイミングに集中《しゅうちゅう》する。

頭《あたま》の中《なか》に、いつもお手本《てほん》にしている「ある人《ひと》」のトリプルアクセルを思《おも》い浮《う》かべながら、空中《くうちゅう》にとびあがった。

きゅっ、と両腕《りょううで》を体《からだ》に引《ひ》きつけて体《からだ》を細《ほそ》い軸《じく》にすると、あっというまに周囲《しゅうい》の景色《けしき》がぐるぐる回《まわ》った。

周囲《しゅうい》の景色《けしき》が回《まわ》ってるんじゃなくて、自分《じぶん》が氷《こおり》のドレスをまとった小《ちい》さな風《かぜ》の精《せい》になって竜巻《たつまき》をおこしているみたいな気《き》がした。

その瞬間《しゅんかん》、このまま氷《こおり》の上《うえ》におりてしまいたくないな、って思《おも》った。

もう少《すこ》し風《かぜ》になったままでいたいよ。

着氷《ちゃくひょう》した右足《みぎあし》のエッジで水面《ひょうめん》を押《お》しながら、左足《ひだりあし》のトウをついてふみきると、また自分《じぶん》のまわりで小《ちい》さな竜巻《たつまき》がおこる。

え、うそ？　まさかトリプルアクセル＋ダブルトウループのコンビネーションがとべちゃった？

なんだか、無意識《むいしき》のうちにセカンドジャンプをつけちゃった感《かん》じで、自分《じぶん》でもおどろいてしまった。

着氷《ちゃくひょう》した直後《ちょくご》、特《とく》にだれからの反応《はんのう》もなかったので、ほんとうに自分《じぶん》がとんだのか自信《じしん》がなくなっていたとき、パチパチと拍手《はくしゅ》する音《おと》がした。

「すごいすごい！　かすみちゃん、トリプルアクセルのコンビネーション初成功《はつせいこう》だよね？　おめでとう〜!!」

「あ、ありがとう。」

塁《るい》くんにつられて、ほかのみんなも集《あつ》まってきて、拍手《はくしゅ》と「おめでとう。」をもらうことができた。

「ねえねえ、かすみちゃんのトリプルアクセル、スマホで動画《どうが》撮《と》ってもいい？　お手本《てほん》にしたいんだ。」

「えっ？」

塁《るい》くんの言葉《ことば》に、思《おも》わず首《くび》をかしげた。

コンビネーションはわたしのほうが先《さき》に成功《せいこう》したけれど、トリプルアクセルだけなら塁《るい》くんのほうが早《はや》くから成功《せいこう》していた。なのに、わたしをお手本《てほん》にするなんて、おかしいよ。

「わたしがお手本《てほん》なんて、そんな、塁《るい》くんのアクセルのほうが高《たか》さも幅《はば》もあってすごいし……動画《どうが》撮《と》ってる時間《じかん》がもったいないよ。」

あわてて首《くび》を横《よこ》に振《ふ》ると、塁《るい》くんはおがむように両手《りょうて》を顔《かお》の前《まえ》で合《あ》わせた。

「おねがいっ！　かすみちゃんのトリプルアクセルは、力《ちから》じゃなくてタイミングでとんでるっていうか……とにかくむだな力《ちから》が入《はい》ってなくて理想的《りそうてき》なとび方《かた》なんだ。それに、撮影《さつえい》はおばちゃんにたのむから、おれが練習《れんしゅう》ぬけるわけじゃないし。いいよね？」

「え、でも……。」

まだOK《オーケー》してないのに、塁《るい》くんは「おばちゃ〜ん！」と手《て》を振《ふ》りながらリンクサイドのほうにすべっていってしまった。

おばちゃん、っていうのは塁《るい》くんのおばさんにあたる真子《まこ》ちゃんのお母《かあ》さんのこと。

塁《るい》くん家《ち》はお母《かあ》さんが亡《な》くなっていてお父《とう》さんは『水島食堂《みずしましょくどう》』というお店《みせ》をやっているので、スケートリンクにはいつも真子《まこ》ちゃんのお母《かあ》さんの車《くるま》で送《おく》り迎《むか》えしてもらっていた。

早朝練習《そうちょうれんしゅう》のときも真子《まこ》ちゃんのお母《かあ》さんが送《おく》ってきてくれていて、リンクから中学校《ちゅうがっこう》までのあいだは、わたしもいっしょに車《くるま》に乗《の》せてもらっているんだよね。

リンクの手《て》すりから身《み》を乗《の》りだして、観客席《かんきゃくせき》にすわって見《み》ていた真子《まこ》ちゃんのお母《かあ》さんを手《て》まねきしてなにかヒソヒソ話《はな》したあと、塁《るい》くんはこっちに手《て》を振《ふ》りながらリンク内《ない》にもどってきた。

手《て》すりぎわでスマホの画面《がめん》を見《み》ながらいろいろ操作《そうさ》していた真子《まこ》ちゃんのお母《かあ》さんは、わたしと目《め》が合《あ》うと少《すこ》しおおげさなくらいおじぎしてから、顔《かお》の前《まえ》にスマホを構《かま》えた。思《おも》わずわたしも頭《あたま》を下《さ》げてしまった。

まぁいいか。これくらいのこと、気《き》にしてちゃダメだよね。

全国大会《ぜんこくたいかい》レベルの試合《しあい》になると、リンクサイドからはたくさんのカメラのレンズがこちらを向《む》いていて、気《き》にしていたらとても演技《えんぎ》に集中《しゅうちゅう》できないくらいだから。

スマホ一台《だい》くらい気《き》にならないように、メンタルを強化《きょうか》しなきゃ。

大《おお》きく深呼吸《しんこきゅう》してから、もう一度《いちど》トリプルアクセルの助走《じょそう》をすべりだした。

2 わたしが学校代表《がっこうだいひょう》？

今朝《けさ》も早朝練習《そうちょうれんしゅう》が終《お》わると、真子《まこ》ちゃんのお母《かあ》さんに車《くるま》で学校《がっこう》まで送《おく》ってもらった。

わたしと真子《まこ》ちゃんは後部座席《こうぶざせき》、塁《るい》くんは前《まえ》の助手席《じょしゅせき》が定位置《ていいち》だ。

真子《まこ》ちゃんがきのう買《か》った女《おんな》の子《こ》向《む》けファッション雑誌《ざっし》を、ふたりで見《み》ていたとき、ふと気《き》がついた。いつもシートベルトがはずれるんじゃないかって思《おも》うほど、体《からだ》をねじって後《うし》ろを向《む》いて話《はな》しかけてくる塁《るい》くんが、今日《きょう》はなぜかおとなしい。

チラッとのぞいてみたら、ずっとスマホの画面《がめん》を見《み》ながらなにか操作《そうさ》しているみたい。

あれって、ゲームでもしてるのかな。

先週《せんしゅう》の土日《どにち》、栃木県《とちぎけん》でおこなわれたフィギュアスケートのインターハイを見《み》にいったとき、やっぱり観戦《かんせん》に来《き》ていた関東在住《かんとうざいじゅう》のジュニア男子《だんし》の友《とも》だちと会《あ》ってスマホのゲームの話《はなし》で盛《も》り上《あ》がったって、塁《るい》くんたしかそういってたような……。

インターハイを見《み》にいったのは、真子《まこ》ちゃんと塁《るい》くん（と付《つ》きそいの真子《まこ》ちゃんのお母《かあ》さん）だけで、わたしは行《い》っていない。

塁《るい》くんが、全日本《ぜんにほん》ジュニアで高校生《こうこうせい》の人《ひと》たちとも仲《なか》よくなって「インターハイ見《み》にこいよ。」ってさそわれたから行《い》くことになったんだって。

塁《るい》くんはわたしにも「いっしょに行《い》こうよ。」っていってくれたけど、出場《しゅつじょう》する人《ひと》たちとそんなにしゃべったこともないし、なにより泊《と》まりがけで行《い》くとお金《かね》もかかるから、残念《ざんねん》だけど断《ことわ》ったんだよね。

うちはママとわたしのふたり暮《ぐ》らしなので、自分《じぶん》の出《で》る試合《しあい》以外《いがい》で旅行《りょこう》するのって、ちょっと遠慮《えんりょ》してしまうから。

パパが交通事故《こうつうじこ》で亡《な》くなったときに、それまでやっていた洋食屋《ようしょくや》を閉店《へいてん》したり引《ひ》っ越《こ》したりしなきゃいけなかったせいもあって、あんまりお金《かね》がないんだ。

桜ヶ丘《さくらがおか》スケートクラブで昔《むかし》コーチをしていて今《いま》は理事《りじ》をしている夏野《なつの》さんが、奨学金《しょうがくきん》を出《だ》してくださったおかげで、なんとか今《いま》もスケートを続《つづ》けることができているの。

夏野《なつの》さんがわたしのジャンプに目《め》をとめてくださったのは、大学時代《だいがくじだい》フィギュアスケート選手《せんしゅ》だったパパのことを、引退前最後《いんたいまえさいご》のフリーのプログラムを夏野《なつの》さんが振《ふ》り付《つ》けしてくれた縁《えん》でおぼえていてくれたから。

パパにはもう会《あ》うことができないけれど、今《いま》でもパパがわたしのスケートを支《ささ》えてくれているんだ。

おっと、話《はなし》がそれちゃったけど、とにかく塁《るい》くんはスマホゲームに夢中《むちゅう》みたいで、静《しず》かに雑誌《ざっし》を見《み》られるのはいいけど、なんだかちょっとさびしい気《き》がした。

今朝《けさ》は道路《どうろ》がこんでいたせいで、学校《がっこう》に着《つ》いたのは朝《あさ》のホームルームが始《はじ》まるギリギリだった。

いや、ギリギリといっても実《じつ》はギリギリ間《ま》に合《あ》ってなかった。

あわててガラガラ音《おと》をたてながら教室《きょうしつ》の扉《とびら》を開《あ》けたときには、もう担任《たんにん》の高木先生《たかぎせんせい》が教《きょう》卓《たく》のところで出席簿《しゅっせきぼ》をひろげていた。

「す、すみません。遅刻《ちこく》してしまって……。」

おずおずと頭《あたま》を下《さ》げたら、先生《せんせい》はぜんぜん怒《おこ》ってないようなのんびりした声《こえ》でいった。

「まだ出席取《しゅっせきと》り終《お》わってないから、遅刻《ちこく》じゃないぞ～。春野《はるの》は朝早《あさはや》くからスケートの練習《れんしゅう》があって、たいへんだもんなぁ。」

遅刻《ちこく》にならなくてホッとしたけど、「ほんとにすみませんでした！」ともう一度頭《いちどあたま》を下《さ》げてから、急《いそ》いで席《せき》につく。

窓《まど》ぎわ後《うし》ろから二番目《ばんめ》の自分《じぶん》の席《せき》に歩《ある》いていたとき、ヒソヒソ話《はな》している声《こえ》が聞《き》こえた。

「ま～たヒイキされてるよ。」

「スケートやってるからって、特別《とくべつ》あつかいされるの、おかしくない？」

「べつに学校関係《がっこうかんけい》なく、勝手《かって》にやってることじゃん。」

廊下側《ろうかがわ》の席《せき》でヒソヒソ話《ばなし》をしているのは、思《おも》ったとおり久石《ひさいし》さんたちのグループだった。

久石《ひさいし》さんは、中学《ちゅうがく》に入学《にゅうがく》してはじめてのホームルームで、自己紹介《じこしょうかい》で名前《なまえ》をいっただけなのに「フィギュアスケート選手《せんしゅ》の春野《はるの》さんじゃない？」って声《こえ》をかけてくれた人《ひと》だった。

人見知《ひとみし》りで口《くち》べたなわたしを自分《じぶん》たちのグループにさそってくれた、親切《しんせつ》な人《ひと》だと最初《さいしょ》は思《おも》ってたんだけど。

美桜《みお》ちゃんのドラマのお仕事《しごと》のことで、よく知《し》りもしないのに陰口《かげぐち》いってるところを見《み》てしまって、つい怒《おこ》って反論《はんろん》しちゃって以来《いらい》、手《て》のひらを返《かえ》したように無視《むし》されるようになったんだ。

無視《むし》だけならべつに気《き》にしないんだけど、今《いま》みたいにわざと聞《き》こえるように悪口《わるくち》いうのは、いやな気分《きぶん》になるからやめてほしい。

聞《き》こえているけどこっちからは無視《むし》しようと思《おも》って席《せき》についたとき、出席《しゅっせき》を取《と》り終《お》えた先生《せんせい》がパシンと大《おお》きな音《おと》をたてて出席簿《しゅっせきぼ》を閉《と》じた。

「先生《せんせい》、地獄耳《じごくみみ》だからなぁ、出席取《しゅっせきと》りながらでもけっこういろいろ聞《き》こえてるんだぞ～。えこひいきとか、特別《とくべつ》あつかいとか、それって先生《せんせい》への悪口《わるくち》にもなるからな、わりとムカついてるぞ～。ま、だれがいったのかまでは、わからないけどな。」

わからない、といいながらも、先生《せんせい》の目《め》はずっと廊下側《ろうかがわ》のほうを見《み》ていた。

ほんとうはだれがいったのかわかってるのかもしれないけど、できればそっとしておいてほしいと思《おも》う。

陰口《かげぐち》いわれるだけならまだいいけど、逆恨《さかうら》みでもされたら、もっとややこしくなるもの。

先生《せんせい》がまだなにか話《はな》そうとしてるみたいなので、気《き》が気《き》じゃないよ。

「それとな、春野《はるの》のスケートと学校《がっこう》は、関係《かんけい》ないわけじゃないんだよな。もうすぐ始《はじ》まる全中《ぜんちゅう》……全国中学校《ぜんこくちゅうがっこう》スケート大会《たいかい》は中学校単位《ちゅうがっこうたんい》で参加《さんか》する決《き》まりになってるから、春野《はるの》はこの桜ヶ丘中《さくらがおかちゅう》の代表《だいひょう》として出場《しゅつじょう》するわけだ。先生《せんせい》も監督《かんとく》としてついていく予定《よてい》だから、よろしくな、春野《はるの》。」

「あ、は、はい。」

急《きゅう》に話《はな》しかけられてびっくりしてしまった。

いつもはスケートクラブの一員《いちいん》として競技会《きょうぎかい》に参加《さんか》しているけど、全中《ぜんちゅう》は先生《せんせい》のいうように中学校《ちゅうがっこう》の代表《だいひょう》として参加《さんか》することになっている。

それを説明《せつめい》してくれたことは、うれしいことではあるけど、なんだかちょっとはずかしい。

よく全校集会《ぜんこうしゅうかい》のときに、陸上《りくじょう》とかテニスとか部活《ぶかつ》の大会《たいかい》で好成績《こうせいせき》を取《と》った人《ひと》が、前《まえ》に出《で》ていって校長先生《こうちょうせんせい》に紹介《しょうかい》されたりしているけど、もし自分《じぶん》がそんな立場《たちば》になったら、はずかしすぎて消《き》えてしまいたくなると思《おも》う。

そんな想像《そうぞう》をしていたせいで、久石《ひさいし》さんたちの陰口《かげぐち》のことは、すぐに忘《わす》れてしまっていた。

お昼休《ひるやす》み。

給食《きゅうしょく》を食《た》べるときにも仲《なか》よしのグループごとに分《わ》かれるんだけど、久石《ひさいし》さんのグループからはずされてからは、だいたい山下《やました》さんと島崎《しまざき》さんといっしょに食《た》べることが多《おお》かった。

食《た》べ終《お》わってからは、学年《がくねん》で三位《い》に入《はい》るぐらい成績《せいせき》のいい山下《やました》さんに、午前中《ごぜんちゅう》の授業《じゅぎょう》でわからなかったことを教《おし》えてもらうのも、昼休《ひるやす》みの定番《ていばん》になっていた。

スケートの練習《れんしゅう》で朝《あさ》も夕方《ゆうがた》もつぶれてしまうし、晩《ばん》ご飯《はん》食《た》べたあとに勉強《べんきょう》しようと思《おも》っても、どうしても眠気《ねむけ》に負《ま》けてしまう。

成績《せいせき》が下《さ》がったらスケートやめさせる、ってママにいわれてこまっていたときに、授業《じゅぎょう》で習《なら》ったことを休《やす》み時間《じかん》を使《つか》って学校《がっこう》にいるうちにおぼえてしまうといいんだって、教《おし》えてくれたのが山下《やました》さんだった。

島崎《しまざき》さんはわたしみたいに学校《がっこう》で勉強《べんきょう》しておく必要《ひつよう》ないはずなんだけど、最近《さいきん》は給食《きゅうしょく》がすんだあとの勉強《べんきょう》にもつきあってくれている。

もともとはフィギュアスケートが好《す》きで試合観戦《しあいかんせん》やショーを見《み》にいったりしていたので、わたしに声《こえ》をかけてくれて、それ以来会話《いらいかいわ》するようになったんだ。

去年秋《きょねんあき》の全日本《ぜんにほん》ジュニア前《まえ》に、前《まえ》のシーズンの『ジゼル』の衣装《いしょう》が小《ちい》さくなってこまっていたら、島崎《しまざき》さんが新《あたら》しく衣装《いしょう》を作《つく》ろうかっていってくれて、それがきっかけで本格的《ほんかくてき》に仲《なか》よくなった。

おばあさんとおばさんがバレエ教室《きょうしつ》の先生《せんせい》をしているので島崎《しまざき》さんも衣装《いしょう》にくわしくて、今度《こんど》の全中用《ぜんちゅうよう》にも、ジゼル衣装《いしょう》の手直《てなお》しをしてくれることになっていた。

七月《がつ》からの新《しん》シーズンの新《しん》プログラムの衣装《いしょう》も、たぶんお願《ねが》いすることになりそう。

「そうだ、朝《あさ》、春野《はるの》さんに聞《き》こうと思《おも》ってて、授業《じゅぎょう》のあいだに忘《わす》れてたことがあるんだよね。」

島崎《しまざき》さんがそういいながら英語《えいご》のノートから顔《かお》を上《あ》げた。

「えっと、なに？」

いったいなんだろう？　山下《やました》さんじゃなくてわたしに聞《き》くなんて、ぜったいに勉強《べんきょう》のことじゃないよね。

「今度《こんど》の大会《たいかい》って、学校代表《がっこうだいひょう》として出《で》るんだったら、応援団作《おうえんだんつく》ったりしないの？　ほら、春野《はるの》さんだけじゃなくて、涼森《すずもり》さんや小泉《こいずみ》さんも出《で》るんでしょ。」

「あと、あのやかましい男《おとこ》の子《こ》も出《で》るんだよね。ほんと、応援団作《おうえんだんつく》ってもおかしくないレベルだよ。」

「やかましいって山下《やました》さん、はっきりいいすぎだよ。水島《みずしま》くんって、直接《ちょくせつ》しゃべらなきゃけっこうカッコいいから、女子《じょし》に人気《にんき》あるんだよ。」

「へ、へぇ～、そうなんだ～。」

思《おも》わずわたしのほうが部外者《ぶがいしゃ》みたいないい方《かた》しちゃったけど、塁《るい》くんが意外《いがい》とモテることは知《し》っていた。

しゃべったことがない人《ひと》たちだけじゃなく、毎日《まいにち》たくさんしゃべってる真子《まこ》ちゃんや美《み》

桜《お》ちゃんにだって、実《じつ》は好意《こうい》をよせられてるんだもんね。

たぶんみんな最初《さいしょ》は見《み》た目《め》のカッコよさで好《す》きになって、ちょっとしゃべってみたら思《おも》ったよりさわがしくて「イメージちがう〜。」ってなるんだろう。でも、もっともっと親《した》しくなったらいつも前向《まえむ》きでいっしょうけんめいなところを知《し》って、また好《す》きになるってことじゃないかな。

わたしも、ずっと思《おも》い続《つづ》けている人《ひと》がいなければ、塁《るい》くんのことが好《す》きになっていたかもしれないな……なんてふと思《おも》った。

あ、いけない、今《いま》は学校単位《がっこうたんい》で全中《ぜんちゅう》を見《み》にいく応援団《おうえんだん》が結成《けっせい》されるのかどうか、って話《はなし》だったよね。

「えっと、全中《ぜんちゅう》のことなんだけど、開催地《かいさいち》が長野《ながの》だから応援団《おうえんだん》はたぶんないと思《おも》うよ。都《と》内《ない》かとなりの県《けん》ぐらいだったら、気軽《きがる》にみんなに来《き》てもらえたかもしれないけど。」

そういうと、島崎《しまざき》さんはがっかりしたみたいで、はぁ〜っとタメ息《いき》をついた。

「そっか〜、長野《ながの》なんだぁ〜。あ、でも、新幹線《しんかんせん》が使《つか》えるから、交通手段《こうつうしゅだん》としては全日本《ぜんにほん》ジュニアで茨城《いばらき》行《い》ったときより便利《べんり》かもしれないな。あたしひとりでも見《み》にいくつもりだからね。」

新幹線《しんかんせん》を使《つか》ってでも見《み》にきてくれるなんて、さすがスケオタの島崎《しまざき》さん！

と思《おも》ってたら、山下《やました》さんが突然《とつぜん》ほっぺたをぷうっとふくらませた。前髪《まえがみ》が長《なが》くて目《め》の表《ひょう》情《じょう》が見《み》えないけど、めずらしく怒《おこ》ってるみたい。

「あたしだって見《み》にいこうと思《おも》ってたんだけど。」

「ごめんごめん。じゃあ、山下《やました》さんもいっしょに観戦《かんせん》スケジュール立《た》てよう。もう試合《しあい》の開始《かいし》と終了《しゅうりょう》時間《じかん》が、ネットに発表《はっぴょう》されてると思《おも》うから。」

山下《やました》さんは最初《さいしょ》フィギュアスケートに興味《きょうみ》ないっていってたのに、このところいつも試《し》合《あい》を見《み》にきてくれているのが、迷惑《めいわく》じゃないのかなって一瞬《いっしゅん》思《おも》った。

でも、今《いま》だって自分《じぶん》から「見《み》にいこうと思《おも》ってた。」といってくれたんだから、「迷惑《めいわく》じゃないの？」なんて聞《き》いちゃダメだよね。

「ふたりとも見《み》にきてくれるなんて、すごく心強《こころづよ》いわ。ありがとう！」

笑顔《えがお》でそういうと、山下《やました》さんは口《くち》もとを少《すこ》しだけ上《あ》げた笑《え》みを浮《う》かべ、島崎《しまざき》さんは「まかせて！」と声《こえ》をあげ大《おお》きな口《くち》を開《あ》けて笑《わら》ってくれた。

3 瀬賀《せが》くんに会《あ》える場所《ばしょ》

放課後《ほうかご》、そうじ当番《とうばん》だったわたしは、ゴミを捨《す》てにいった帰《かえ》りに、一階《かい》の保健室前廊下《ほけんしつまえろうか》に立《た》ちよった。

保健室《ほけんしつ》の扉横《とびらよこ》の壁《かべ》には、毎日《まいにち》の欠席者数《けっせきしゃすう》のカードを入《い》れかえるようになっているクリアファイルや、うがい・手洗《てあら》いの仕方《しかた》を説明《せつめい》したポスターなどがたくさん貼《は》られている。

少《すこ》し奥《おく》まったところには、年《ねん》に何回《なんかい》か不定期《ふていき》に発行《はっこう》されている学校新聞《がっこうしんぶん》の最新号《さいしんごう》が貼《は》りだされている。

この冬《ふゆ》の最新号《さいしんごう》もいちおう横目《よこめ》で見《み》ながら、わたしが向《む》かうのはいちばん奥《おく》にずっと貼《は》られたままの古《ふる》い新聞《しんぶん》だ。

わたしたちが入学《にゅうがく》する前《まえ》から貼《は》られていた去年《きょねん》三月発行《がつはっこう》のその新聞《しんぶん》は、保健室《ほけんしつ》の松島先《まつしません》生《せい》が、女子《じょし》に人気《にんき》だからって残《のこ》しておいてくれている。

その号《ごう》には、桜《さくら》ケ丘《がおか》スケートクラブの先輩《せんぱい》である瀬賀冬樹《せがふゆき》くんが、世界《せかい》ジュニアで優勝《ゆうしょう》したというニュースが写真入《しゃしんい》りで掲載《けいさい》されていた。

ジュニア男子《だんし》の当時《とうじ》の世界最高得点《せかいさいこうとくてん》をたたきだしたショートプログラムの演技後《えんぎご》に、観客《かんきゃく》に向《む》かってあいさつしている瀬賀《せが》くんの写真《しゃしん》は、じかに見《み》なくてもまぶたの裏《うら》に映《うつ》しだせるぐらい何度《なんど》も見《み》ている。

だけど、なにかちょっとでも気《き》がかりなことがあったり落《お》ちこんだりすると、やっぱりこの写真《しゃしん》の瀬賀《せが》くんに会《あ》いにきてしまう。

一年前《ねんまえ》の瀬賀《せが》くんは、まだこの中学《ちゅうがく》の三年生《ねんせい》だった。そのころはすっごく大人《おとな》だと思《おも》ってたけど、テレビのスポーツニュースで見《み》かける最近《さいきん》の瀬賀《せが》くんとくらべたら、だいぶ子《こ》どもに見《み》えた。

テレビの中《なか》の瀬賀《せが》くんも新聞《しんぶん》の写真《しゃしん》の瀬賀《せが》くんも、さわやかでやさしそうな笑顔《えがお》を浮《う》かべていて、女《おんな》の子《こ》があこがれる「王子様《おうじさま》」みたいに見《み》える。

でも、そういう王子様《おうじさま》キャラの瀬賀《せが》くんじゃなくて、いつもふきげんな顔《かお》でオレ様《さま》なしゃべり方《かた》だけど、ほんとうは心配《しんぱい》してくれてたりアドバイスしてくれたりする……

ちょっとわかりにくいけどほんとうはやさしい、ふだんの瀬賀《せが》くんに会《あ》いたい。

中学《ちゅうがく》を卒業《そつぎょう》してすぐにカナダにスケート留学《りゅうがく》してしまった瀬賀《せが》くんとは、一年《ねん》に数回《すうかい》しか会《あ》えなくなってしまった。

学校新聞《がっこうしんぶん》の写真《しゃしん》を何度《なんど》もながめにきたり、何《なん》か月《げつ》も前《まえ》にもらったエアメールを何度《なんど》も読《よ》みかえしたりすることしかできないのがもどかしい。

スマホを持《も》ってればスカイプやメールアプリでかんたんに話《はな》せるみたいだけど、ママが「携帯電話《けいたいでんわ》は高校生《こうこうせい》から。」っていうし、高校生《こうこうせい》になったとしても、お金《かね》がないからスマホを買《か》うのはたぶん無理《むり》だと思《おも》う。

だからこそ、少《すこ》しでも瀬賀《せが》くんと会《あ》える機会《きかい》がふえるように、早《はや》く大《おお》きな大会《たいかい》で活躍《かつやく》できるような選手《せんしゅ》になりたいと思《おも》ってるんだ。

二年生《ねんせい》に進級《しんきゅう》して、七月《がつ》から始《はじ》まる新《しん》シーズンではジュニアに上《あ》がるから、全日本《ぜんにほん》ジュニアで上位《じょうい》に入《はい》ればシニアの全日本《ぜんにほん》に……瀬賀《せが》くんと同《おな》じ大会《たいかい》ですべれるかもしれない！

そうなれるように、まずは目《め》の前《まえ》の全中《ぜんちゅう》からがんばらなくちゃ！

「あ〜、ゴミ捨《す》てからなかなか帰《かえ》ってこないって聞《き》いてさがしたら、やっぱりここにいたんだ。」

突然《とつぜん》、後《うし》ろから話《はな》しかけられて、思《おも》わずビクッとその場《ば》でとびあがってしまった。

「塁《るい》くん！　なんでこんなとこに？」

そうじしているあいだに、塁《るい》くんと真子《まこ》ちゃんのふたりで先《さき》にリンクに行《い》ってるんだと思《おも》ってたから。

おどろいたのはおどろいたんだけど、小学生《しょうがくせい》のころの塁《るい》くんだったら、声《こえ》をかけるより前《まえ》に「わっ！」って背中《せなか》を押《お》しておどかそうとしたかもしれない。

そう思《おも》うと、背《せ》がのびただけじゃなくて、中身《なかみ》も少《すこ》しずつ大人《おとな》になってるんだなぁ。

「今日《きょう》、そうじ当番《とうばん》の班《はん》のやつで、家《いえ》の用事《ようじ》で早《はや》く帰《かえ》らなきゃいけない友《とも》だちがいたから、当番代《とうばんか》わってあげたんだ。朝《あさ》、かすみちゃんが今日《きょう》はそうじ当番《とうばん》だっていってたから、いっしょにリンク行《い》けるかなって思《おも》ってさ。」

「そうだったんだ。いいことしたね。」

すなおにそう思《おも》ったから口《くち》に出《だ》しただけなのに、塁《るい》くんは「い、いや、べつにふつうだよ。」って、ほっぺを赤《あか》くしながら頭《あたま》をかいている。

「っていうか、当番代《とうばんか》わってあげたのはわかったけど、なんでここにいるのがわかったのかな……って、それにおどろいてたの。」

「ああ、それはね、おれずっと落《お》ち着《つ》きないから、学校《がっこう》でもかすり傷《きず》とか多《おお》くて、よく保健室《ほけんしつ》に来《き》てて、先生《せんせい》とも仲《なか》よくなったんだ。それで、廊下《ろうか》の学校新聞《がっこうしんぶん》、なんで最新《さいしん》じゃないのもずーっと貼《は》ってるのか聞《き》いてみたら、かすみちゃんが毎日《まいにち》のように見《み》にくるから、三年間《ねんかん》はこのままにしとくんだ、っていってたから……。」

ちょっと松島先生《まつしませんせい》、微妙《びみょう》に話《はなし》がちがうんですけど！

この新聞《しんぶん》は「自分《じぶん》もふくめた女子《じょし》に大好評《だいこうひょう》だったから、永久保存版《えいきゅうほぞんばん》ってことでずっと貼《は》っておくつもりなのよ。」っていってたのに、そのいい方《かた》じゃあ、わたしのために残《のこ》してくれてるみたいじゃないの。

今度《こんど》はわたしのほっぺが赤《あか》く熱《あつ》くなってきた。

一方《いっぽう》、塁《るい》くんのほうは、少《すこ》し口《くち》をとがらせるようにして、新聞《しんぶん》の写真《しゃしん》の中《なか》の瀬賀《せが》くんを見上《みあ》げていた。

「やっぱ、カッコいいよなぁ……。おれも瀬賀《せが》くんみたいに世界《せかい》ジュニアで優勝《ゆうしょう》して、新聞《しんぶん》に載《の》るのが夢《ゆめ》なんだ。それも、三年生《ねんせい》の春《はる》じゃなく、最短《さいたん》コースの来年《らいねん》、二年生《ねんせい》の春《はる》に、世界一《せかいいち》になりたい。」

いつもみたいな大《おお》きな声《こえ》じゃなくて、わたしに聞《き》かせてるわけでもないみたいな、つぶやくような声《こえ》で、塁《るい》くんがそういった。

小《ちい》さなつぶやきだからこそ逆《ぎゃく》に、本気《ほんき》なんだってことが、ひしひしと伝《つた》わってくる。

うん、塁《るい》くんなら世界一《せかいいち》になれるかも……。

口《くち》に出《だ》していってみようかな、と思《おも》ったとき、いつのまにか塁《るい》くんの瞳《ひとみ》がまっすぐこっちを向《む》いていたことに気《き》づいた。

ほんと、今日《きょう》はめずらしい塁《るい》くんばかり、いっぱい見《み》てるみたい。

なにかいおうとしてるのに、なかなかいいだせないみたいで、一度大《どおお》きく深呼吸《しんこきゅう》してから、塁《るい》くんはしゃべりだした。

「もし、もしもおれが、ジュニアチャンピオンに……瀬賀《せが》くんよりも早《はや》い中二《ちゅう》で世界一《せかいいち》になれたら……こんなふうに、いつまでも瀬賀《せが》くんの写真《しゃしん》ばかり見《み》てないで……おれ、おれ

のことも、ちゃんと、えっと……。」

塁《るい》くんの話《はなし》の最後《さいご》をじぃっと待《ま》っていると、また突然後《とつぜんうし》ろから話《はな》しかけられた。

「ちょっとぉ水島《みずしま》くん、春野《はるの》さんを迎《むか》えにいってくれたんじゃなかったの？　こんなとこでいっしょに油売《あぶらう》ってるなんて。ゴミ箱《ばこ》がもとの位置《いち》に帰《かえ》ってくるまで、そうじ当番《とうばん》みんな勝手《かって》に帰《かえ》れなくてこまってるんだよねぇ。」

「うわぁ、島崎《しまざき》さん、ごめんなさい！　ゴミ捨《す》てのとちゅうだったの、すっかり忘《わす》れてた！」

足《あし》もとに置《お》いたままだった空《から》のゴミ箱《ばこ》を、両手《りょうて》でかかえて廊下《ろうか》を走《はし》りだす。

「あっ、ちょっ、かすみちゃん！」

「塁《るい》くんも、ごめんね。教室《きょうしつ》にゴミ箱置《ばこお》いてくるから、先《さき》に行《い》ってて。」

いっしょにそうじ当番《とうばん》だった島崎《しまざき》さんとならんで走《はし》りながら、塁《るい》くんの話《はなし》を最後《さいご》まで聞《き》けなかったことがちょっと気《き》になった。

だけど、リンクへ向《む》かうとちゅうで追《お》いついたころには、塁《るい》くんもいつもどおりにぎやかな感《かん》じにもどっていて、わたしもそのことはすっかり忘《わす》れてしまっていた。

4 みんなでバレエレッスン

スケートクラブの貸《か》し切《き》り練習《れんしゅう》があるのは火曜日《かようび》と木曜日《もくようび》。

そのあいだの水曜日《すいようび》には、リンクの一般滑走時間《いっぱんかっそうじかん》が終《お》わる少《すこ》し前《まえ》の六時《じ》ごろから、希望《きぼう》者《しゃ》のみのバレエレッスンがある。

美桜《みお》ちゃんや真子《まこ》ちゃんは、以前《いぜん》はとなり町《まち》の教室《きょうしつ》でバレエを習《なら》っていたらしいんだけど、美桜《みお》ちゃんはキッズモデルの仕事《しごと》を始《はじ》め、真子《まこ》ちゃんはすぐにスケートに集中《しゅうちゅう》するようになって、ふたりとも通《かよ》わなくなってしまったんだって。

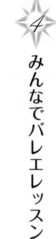

わたしはバレエをちゃんと習《なら》ったことがなかったので、やっぱり美桜《みお》ちゃんたちとくらべて踊《おど》りの基礎《きそ》ができてないな、と思《おも》うことも多《おお》かった。

去年《きょねん》の全日本《ぜんにほん》ジュニア前《まえ》に、クラスメートの島崎《しまざき》さんが新《あたら》しいジゼルの衣装《いしょう》を作《つく》ってくれることになったとき、アドバイスしてくれた島崎《しまざき》さんのおばさんの香野《こうの》さん（結婚《けっこん》して名字《みょうじ》が変《か》わっている）がバレエの先生《せんせい》だと知《し》った。

なんと、その教室《きょうしつ》は美桜《みお》ちゃんも真子《まこ》ちゃんも通《かよ》っていたところで、全日本《ぜんにほん》ジュニアのあと香野《こうの》さんにもお礼《れい》のあいさつに行《い》ったとき、ふたりのことをよーくおぼえてると話《はな》してくれた。

「美桜《みお》ちゃんは、指先《ゆびさき》やつま先《さき》にまで意識《いしき》した動《うご》きが美《うつく》しかったわ。真子《まこ》ちゃんは、のみこみが早《はや》いうえに運動神経《うんどうしんけい》がよくて、ピルエットやシェネもきれいに回転《かいてん》できてた。もともとフィギュア向《む》きだったのね。」

やっぱりふたりともバレエでも才能《さいのう》あったんだ。

一昨年《おととし》、真子《まこ》ちゃんの友《とも》だちの出《で》る発表会《はっぴょうかい》を見《み》にいったんだけど、あんなふうに舞台《ぶたい》で踊《おど》る真子《まこ》ちゃんや美桜《みお》ちゃんも見《み》てみたかったなぁ。

フィギュアでもバレエをもとにしたプログラムは多《おお》いけど、シングルだと相手役《あいてやく》がいないひとり芝居《しばい》みたいなものだし、時間《じかん》も三分半《ぷんはん》（ジュニアの場合《ばあい》）しかない。

ふたりがバレエを続《つづ》けていたら、今《いま》ごろきっと、舞台《ぶたい》の上《うえ》でだれもがあこがれる主役《しゅやく》のお姫様《ひめさま》を演《えん》じていたんだろうな。

もちろん今《いま》だってフィギュアスケートの世界《せかい》では、ふたりとも同世代《どうせだい》のみんながあこがれるトップスケーターなんだけどね。

「やっぱりバレエを習《なら》っていたから、ふたりとも動《うご》きがとてもきれいだし、背《せ》すじもピンとしてるし体《からだ》はやわらかいし……わたしもバレエ習《なら》っておけばよかったなぁって……あ、すみません、グチみたいになっちゃって。」

ふたりが白《しろ》いチュチュとティアラをつけて踊《おど》っている姿《すがた》を思《おも》い浮《う》かべていたら、ついよけいなことまで話《はな》してしまった。

すると、香野《こうの》さんは気《き》を悪《わる》くすることもなく、ニコニコしながら思《おも》いがけないことをいった。

「あら、今《いま》からでも習《なら》えばいいじゃない？　週《しゅう》に一回《かい》のレッスンでも、半年《はんとし》ぐらい続《つづ》ければだいぶちがってくるわよ。」

「え、でも、スケートの練習《れんしゅう》があるからバレエに通《かよ》う時間《じかん》がないし、それに月謝《げっしゃ》とかいろいろ……。」

となり町《まち》のバレエ教室《きょうしつ》には電車《でんしゃ》で通《かよ》わなきゃいけないから、レッスンに行《い》く日《ひ》はスケートリンクには行《い》けなくなる。

でもそれよりも本音《ほんね》をいえば、お金《かね》のことのほうが心配《しんぱい》だった。

今《いま》でさえスケートにかかる費用《ひよう》のほとんどを夏野《なつの》さんに援助《えんじょ》していただいているのに、これ以上《いじょう》お金《かね》のことで助《たす》けていただくのは虫《むし》がよすぎる。

バレエの月謝《げっしゃ》だってそんなに安《やす》くないだろうし、衣装代《いしょうだい》もかかるはず。

そう思《おも》って口《くち》ごもっていると、香野《こうの》さんがとても魅力的《みりょくてき》な提案《ていあん》をしてくれた。

「時間《じかん》も費用《ひよう》も心配《しんぱい》いらないわ。最近《さいきん》、教室《きょうしつ》のスタジオ以外《いがい》で『出張教室《しゅっちょうきょうしつ》』もしてるのよ。うちの教室《きょうしつ》の正式《せいしき》な生徒《せいと》さんじゃなくても、三人以上《にんいじょう》集《あつ》めて練習場所《れんしゅうばしょ》を確保《かくほ》してもらえれば、一時間単位《じかんたんい》で教《おし》えにいってるの。そうね、もし十人以上《にんいじょう》集《あつ》まれば、場所代《ばしょだい》もふくめて一回《かい》につきひとり千円《えん》もあればレッスンが受《う》けられると思《おも》うわ。ただし、わたしの予定《よてい》が空《あ》いているときに限《かぎ》るけどね。」

香野《こうの》さんに続《つづ》いて、島崎《しまざき》さんがその話《はなし》を具体化《ぐたいか》してくれた。

「じゃあさぁ、スケートクラブの貸《か》し切《き》り練習《れんしゅう》がない曜日《ようび》に、小泉《こいずみ》さんや涼森《すずもり》さんもさそって『出張教室《しゅっちょうきょうしつ》』やったらどうかな？　リンクのある桜ヶ丘公園《さくらがおかこうえん》に市民《しみん》ホールがあるよね。あそこのリハーサル室《しつ》が借《か》りられたら、リンクの営業時間《えいぎょうじかん》に練習《れんしゅう》したあとすぐ、バレエが習《なら》えるんじゃない？」

「今《いま》、夕方《ゆうがた》六時以降《じいこう》の予定《よてい》が空《あ》いてるのは水曜《すいよう》と木曜《もくよう》なんだけど、どっちか空《あ》いてる？」

香野《こうの》さんの問《と》いに「水曜日《すいようび》ならだいじょうぶです。」と答《こた》えたところから、トントン拍子《びょうし》に話《はなし》がまとまっていった。

十人《にん》も集《あつ》まるのかなぁ……と不安《ふあん》に思《おも》いながらも、真子《まこ》ちゃんや美桜《みお》ちゃんに話《はな》してみたら、ふたりとも「できればもう一度習《いちどなら》いたかったんだ。」って話《はなし》に乗《の》ってくれた。

真子《まこ》ちゃんと美桜《みお》ちゃんがほかのクラブ員《いん》にも声《こえ》をかけてくれた結果《けっか》、同《おな》い年《どし》の沙絵《さえ》ちゃん、真由香《まゆか》ちゃん、塁《るい》くんをふくめて、中高生《ちゅうこうせい》のメンバーが十二人《にん》も集《あつ》まったんだ。

「よろしくお願《ねが》いします。」

香野《こうの》さん、もとい香野先生《こうのせんせい》にあいさつするつもりで、頭《あたま》を下《さ》げながら市民《しみん》ホールのリハーサル室《しつ》に入《はい》っていく。

と、いきなりどなりつけられた。

「遅《おそ》い！　早《はや》く準備《じゅんび》てつだってよ。」

香野先生《こうのせんせい》とはあきらかにちがうその声《こえ》は、美桜《みお》ちゃんだった。

なぜかもうバレエ練習用《れんしゅうよう》のレオタードに着替《きが》えていた美桜《みお》ちゃんは、文句《もんく》をいいながらもせっせと床《ゆか》にヨガマットを敷《し》いている。

レッスンは、リハーサル室《しつ》そなえつけのヨガマットの上《うえ》でのストレッチから始《はじ》まるので、早《はや》く来《き》た人《ひと》から自分《じぶん》のマットを敷《し》いていくんだけど、美桜《みお》ちゃん、よっぽど早《はや》く着《つ》いてたんだね。ほかのみんなのぶんも、ほぼ全部敷《ぜんぶし》き終《お》わっている。

っていうか、今日《きょう》はバラエティー番組《ばんぐみ》のロケがあるからってお昼《ひる》で早退《そうたい》したから、スケートもバレエも休《やす》むはずだったと思《おも》うんだけど。

「あれぇ、美桜《みお》ちゃん今日休《きょうやす》みだったはずじゃなかったっけ？」

リンクからいっしょに来《き》ていた塁《るい》くんが、わたしも思《おも》ってた疑問《ぎもん》をストレートに口《くち》に出《だ》した。

「な、なによ、休《やす》んだほうがよかったってわけ？」

美桜《みお》ちゃんは、ほっぺをふくらませながらそういうと、プイッとそっぽを向《む》いた。

「ちがうちがう！　バレエレッスンのとき、美桜《みお》ちゃんがいてくれると、いいお手本《てほん》になるからさ、来《き》てくれたほうがいいに決《き》まってるじゃん。」

あわてて言《い》い訳《わけ》している塁《るい》くんの横《よこ》で、わたしも「そうそう。」とうなずく。

いいお手本《てほん》になる、来《き》てくれたほうがいい……という塁《るい》くんの言葉《ことば》に、スネていた美桜《みお》ちゃんの表情《ひょうじょう》がパァッと明《あか》るくなった。

「じゃあ、無理《むり》してもどってくるだけの価値《かち》は、ちょっとぐらいはあったってことね。」

口《くち》に出《だ》す言葉《ことば》はすなおじゃないんだけど、顔《かお》を見《み》ればかなり喜《よろこ》んでるんだな、ってわかる。

まぁ、塁《るい》くんに会《あ》えるからってだけじゃないだろうけど、出張《しゅっちょう》バレエ教室《きょうしつ》が始《はじ》まってから、美桜《みお》ちゃんがこの教室《きょうしつ》をとても楽《たの》しみにしていることは、日《ひ》ごろから伝《つた》わってきていた。

今日《きょう》は、最近人気《さいきんにんき》のアミューズメントパークの取材許可《しゅざいきょか》がおりたので、平日《へいじつ》だけど急遽《きゅうきょ》ロケの予定《よてい》が入《はい》ったのに、共演予定《きょうえんよてい》の男性《だんせい》アイドルがダンスレッスン中《ちゅう》に足《あし》をいためて来《こ》られなくなって、中止《ちゅうし》になったんだって。

その連絡《れんらく》が入《はい》ったのが、学校《がっこう》を早退《そうたい》して現場《げんば》に向《む》かっているとちゅうだったことに、美《み》桜《お》ちゃんは怒《おこ》っていた。

もっと早《はや》く連絡《れんらく》してくれたら午後《ごご》の授業《じゅぎょう》にもスケートの練習《れんしゅう》にも出《で》られたのに……って怒《おこ》ってるんだと思《おも》っていたら、だんだん怒《いか》りの内容《ないよう》が変《か》わってきている。

「ケガしたのはきのうの夕方《ゆうがた》だっていうのに、なんで午前中《ごぜんちゅう》に連絡《れんらく》してこないのよ。なんかさ、向《む》こうの事務所《じむしょ》が、松葉杖《まつばづえ》ついてでも出演《しゅつえん》できないかどうかギリギリまで検討《けんとう》してたんだって。最低《さいてい》よね。タレントの健康《けんこう》をなんだと思《おも》ってるのよ！」

鏡張《かがみば》りの壁《かべ》に向《む》かって横向《よこむ》きに敷《し》いたヨガマットをバンバンたたいて、美桜《みお》ちゃんは怒《いか》りを発散《はっさん》させている。

「美桜《みお》ちゃん、あんまりバンバンたたくとホコリが舞《ま》うからやめようね。はい、みんな〜、そろそろ始《はじ》めましょうか。」

いつのまにかリハーサル室《しつ》に入《はい》ってきていた香野先生《こうのせんせい》が鏡《かがみ》を背《せ》に立《た》っていて、みんなあわててそれぞれの定位置《ていいち》のマットに腰《こし》をおろした。

レッスン内容《ないよう》は、最初《さいしょ》がヨガマットでのストレッチ、次《つぎ》に支《ささ》えになるバーを持《も》ってのバーレッスン、そのあとはフロアの真《ま》ん中《なか》に出《で》てバーを持《も》たずに踊《おど》るセンターレッスンに分《わ》かれている。

出張教室《しゅっちょうきょうしつ》が始《はじ》まった十二月《がつ》はじめの段階《だんかい》では、何年《なんねん》かバレエを習《なら》っていた人《ひと》とまったくの初心者《しょしんしゃ》のあいだに、かなりレベルの差《さ》があった。

でも、以前習《いぜんなら》っていた人《ひと》にもブランクがあるので、まずは基礎《きそ》の基礎《きそ》からやってくれることになったんだ。

なので、わたしみたいな初心者《しょしんしゃ》でも、毎回《まいかい》なんとかレッスンについていけている。

ふつうの初心者教室《しょしんしゃきょうしつ》とくらべて、このスケート選手用《せんしゅよう》の出張教室《しゅっちょうきょうしつ》では、「ポールドブラ」という腕《うで》の動《うご》かし方《かた》を中心《ちゅうしん》に教《おし》えてくれている。

頭《あたま》の上《うえ》に両手《りょうて》で丸《まる》を作《つく》るような「アン・オー」というポジションひとつ取《と》っても、なにも考《かんが》えずに丸《まる》を作《つく》るんじゃないんだよね。

肩《かた》がすくまないように、手《て》の位置《いち》が後《うし》ろにいきすぎないように、全部《ぜんぶ》の関節《かんせつ》がふんわり

と丸《まる》くなるようにしなければいけない。

そこから、手《て》の甲《こう》を上《うえ》にして指先《ゆびさき》をやわらかくのばした羽《は》ばたくようなポーズの「アロンジェ」や、片手《かたて》を前《まえ》に、もう片方《かたほう》の手《て》を横《よこ》にのばす「アラベスク」のポーズなど、上半身《じょうはんしん》が美《うつく》しく見《み》えるような腕《うで》の使《つか》い方《かた》の基礎《きそ》を、みっちり教《おし》えてもらった。

スケートの振《ふ》り付《つ》けを習《なら》うときにも「背《せ》すじをピンとして。」とか「もっと腕《うで》をのばして。」とかいろいろ注意《ちゅうい》されていたけど、バレエを習《なら》うことで「具体的《ぐたいてき》にどこの関節《かんせつ》をどう動《うご》かせばいいのか。」がわかってきた気《き》がする。

上半身《じょうはんしん》はバレエの動《うご》きがとても役立《やくだ》つけれど、足《あし》のほうはどうなんだろう？　と最初《さいしょ》はちょっと思《おも》っていた。

バレエみたいにつま先立《さきだ》ちするわけじゃないから、足《あし》さばきのほうは習《なら》ってもスケートの役《やく》に立《た》つのかな？　って。

でもじっさいにやってみると、腰《こし》から下《した》の動《うご》きもバレエの基礎《きそ》が大事《だいじ》なんだってことがわかった。

アンドゥオールという股関節《こかんせつ》を外側《そとがわ》に開《ひら》いて立《た》つ基本《きほん》の姿勢《しせい》を身《み》につけることで、足《あし》を高《たか》く上《あ》げやすくなるし、姿勢《しせい》がしっかりしてフラフラしにくくなるのだ。

スパイラルのときに、「フリーレッグのほうのつま先《さき》が下《した》を向《む》かないように。」ってよく注意《ちゅうい》されるけれど、アンドゥオールがしっかりできていれば、自然《しぜん》とつま先《さき》は上《あ》がって外《そと》側《がわ》を向《む》くんだよね。

それでも、頭《あたま》でわかっていても、体《からだ》が自然《しぜん》に動《うご》くようになるまでには、何度《なんど》も何度《なんど》も練《れん》習《しゅう》しなくちゃいけないいんだ。

「かすみちゃん、足《あし》を上《あ》げるときはいつも、かかとを体《からだ》のほうに向《む》けて、甲《こう》が外側《そとがわ》になるように気《き》をつけて！」

「は、はい。」

うっかりするとすぐに、ただ高《たか》く足《あし》を上《あ》げることに気《き》を取《と》られて、きれいに見《み》える動《うご》きじゃなくなってしまう。

スケートのコンパルソリーと同《おな》じように、美《うつく》しいお手本《てほん》の形《かたち》をめざして、ただひたすら基礎《きそ》の動《うご》きをくりかえすのが大事《だいじ》なんだ。

「ありがとうございました！」

香野先生《こうのせんせい》にお礼《れい》をいうと、地下《ちか》にあるリハーサル室《しつ》を出《で》る。

階段《かいだん》を上《あ》がりながら小声《こごえ》でしゃべっていたとき、急《きゅう》に自分《じぶん》の名前《なまえ》が聞《き》こえて思《おも》わず足《あし》を止《と》めた。

「これ、かすみちゃんじゃないか？」

秋人《あきと》くんのつぶやきに、わたしより先《さき》に真白《ましろ》ちゃんが反応《はんのう》した。

「え、なになに？　ネットに記事《きじ》でも載《の》ってるん？」

秋人《あきと》くんの持《も》っているスマホをのぞきこんでいた真白《ましろ》ちゃんは、最初《さいしょ》顔《かお》をしかめていたのが、すぐにパァッと笑顔《えがお》になった。

「すごい！　かすみちゃん、トリプルアクセルとダブルトウのコンビネーション、めっちゃきれいにとべてるやん!!」

「いや、まだトリプルアクセルだけでも成功率《せいこうりつ》三割《わり》ぐらいで……。」

とべてるというより、とべたことがある、程度《ていど》なんですけど……そういいかけたとき、思《おも》いがけない言葉《ことば》をもらって息《いき》をのんだ。

「かすみちゃんのトリプルアクセルのとび方《かた》、右足《みぎあし》をふみこむタイミングも、とびあがる角度《かくど》も、回《まわ》ってるときの体《からだ》の軸《じく》の角度《かくど》も、冬樹《ふゆき》のとび方《かた》とむっちゃ似《に》てるよね。」

「え、ほんとですか？」

実《じつ》は、トリプルアクセルを練習《れんしゅう》するときには、いつも瀬賀《せが》くんがアクセルをとぶ姿《すがた》を思《おも》い浮《う》かべていたんだ。

うちには今《いま》どきめずらしく古《ふる》いビデオデッキしかなくて、しかも再生《さいせい》はできるけど録画《ろくが》しようとするとときどき動《うご》かなくなるような、こわれかけの機械《きかい》なんだ。

でも、去年《きょねん》のＪＨＫ《ジェーエイチケー》杯《はい》の瀬賀《せが》くんの演技《えんぎ》だけはなんとか奇跡的《きせきてき》に録画《ろくが》できてたの。

それを何度《なんど》もくりかえして見《み》ながらイメージトレーニングをしていたから、トリプルアクセルの練習《れんしゅう》を始《はじ》めてからとべるようになるまで早《はや》かったんだと思《おも》う。

まだ演技《えんぎ》の中《なか》で成功《せいこう》したことはないから、試合《しあい》で成功《せいこう》するレベルじゃないとは思《おも》うけど。

「ほんま似《に》てるよ……っていうより、中一《ちゅう》でアクセルからのコンボ（コンビネーションジャンプの略《りゃく》）がとべるなんて、冬樹《ふゆき》よりすごいんとちゃう？」

「そ、そんなことないです。でも、ずっと瀬賀《せが》くんのジャンプをお手本《てほん》にしてきたから、似《に》てるっていわれるのは、ほんとにうれしいです。」

真白《ましろ》ちゃんのいってくれた言葉《ことば》がうれしくて、ふたりでキャッキャしていたら、秋人《あきと》くんがツッコミを入《い》れてくれた。

「ちょっとふたりとも、冬樹《ふゆき》のトリプルアクセルで盛《も》り上《あ》がってる場合《ばあい》じゃなくて、ネットに動画《どうが》がアップされてるのが問題《もんだい》なんだよ。」

「動画《どうが》が……アップ？」

そうだった、秋人《あきと》くんがネットでなにかわたしに関《かん》するものを見《み》つけたらしいのが問題《もんだい》なんだった。

「ほんとだ、かすみちゃんのジャンプが映《うつ》ってる。」

いっしょに秋人《あきと》くんのスマホ画面《がめん》をのぞきこんだ真子《まこ》ちゃんが、大声《おおごえ》でいった。

映《うつ》しだされている映像《えいぞう》は、真白《ましろ》ちゃんがさっきいったとおり、わたしがトリプルアクセル＋ダブルトウループのコンビネーションジャンプをとんでいるときのもの。

背景《はいけい》は桜ヶ丘《さくらがおか》スケートリンクで、素人《しろうと》がスマホで撮《と》った感《かん》じの少《すこ》しブレぎみで画面《がめん》も暗《くら》

め の短《みじか》い動画《どうが》だった。
SNS《エスエヌエス》に投稿《とうこう》されている、助走《じょそう》からジャンプして着氷《ちゃくひょう》した少《すこ》しあとまでの十秒《びょう》もないくらいの短《みじか》い動画《どうが》には、見《み》ているあいだにもどんどん「いいね」のハートマークがふえていく。

『これだれだ？　見《み》たことないやつだけど。』

『葉月《はづき》姉妹《しまい》と亜子《あこ》ちゃん以外《いがい》にも、トリプルアクセルのコンボとべる子《こ》いたんだ！』

『なんだ、この逸材《いつざい》！　日本《にほん》の未来《みらい》明《あか》るいな。』

『このリンク桜ケ丘《さくらがおか》だよね？　ってことは涼森《すずもり》美桜《みお》か？』

『うそだろ、美桜《みお》ちゃんこんな地味《じみ》じゃねえぞ。』

『ほんとジャンプはすごいけどめっちゃ地味《じみ》。こんな子《こ》ジュニアにいたっけ？』

思《おも》わず書《か》きこまれているコメントを読《よ》みだしたら、あまりにも「地味《じみ》地味《じみ》」いわれて、ちょっとへこんでしまった。

「これさぁ、盗撮《とうさつ》されたんじゃないの？　寺島先生《てらしませんせい》にいって犯人見《はんにんみ》つけてもらわなくちゃ！」

わたしの後《うし》ろから画面《がめん》をのぞきこんでいた美桜《みお》ちゃんが、プンプン怒《おこ》っている。

すると、それまでだまっていた塁《るい》くんが、めずらしくボソボソつぶやいた。

「いや、盗撮《とうさつ》じゃなくて、それは、おれが……。」

「え、まさか？」

美桜《みお》ちゃんが秋人《あきと》くんの手《て》からスマホを引《ひ》ったくって、目《め》の前《まえ》でまじまじと見《み》つめた。

「投稿者《とうこうしゃ》のアカウント名《めい》『water《ウォーター》－island《アイランド》－base《ベース》』……水《みず》－島《しま》－塁《るい》？　って、ほんとに塁《るい》くん!?」

どうして塁《るい》くんが、わたしの動画《どうが》をインターネットに投稿《とうこう》してるの？

「ごめん、この前撮《まえと》らせてもらった動画《どうが》、自分《じぶん》のお手本用《てほんよう》にしようと思《おも》ってSNS《エスエヌエス》にアップしたつもりだったんだ。こんなに広《ひろ》まっちゃうなんて、思《おも》わなかったんだよ。」

あらためて見《み》てみると、投稿者《とうこうしゃ》のコメント欄《らん》には「おれのめざすトリプルアクセル」とひとことだけ書《か》きこんである。

しょぼんとしている塁《るい》くんの肩《かた》を、秋人《あきと》くんがポンとたたいた。

「てっきり盗撮《とうさつ》されて無断投稿《むだんとうこう》されたんだと思《おも》って、変《へん》にさわぎたててごめんね。でもさ、一度《いちど》インターネットに載《の》せてしまったものは、もう自分《じぶん》だけのものじゃない。世界《せかい》じゅうのだれでも見《み》られるってことなんだよ。そして、見《み》た人《ひと》たちが好《す》き勝手《かって》なことをいっても、それを止《と》めることはほぼ不可能《ふかのう》になるんだ。この動画《どうが》をたくさんの人《ひと》が見《み》ること自体《じたい》は悪《わる》いことじゃないと思《おも》うよ。だけど、映《うつ》されたかすみちゃん本人《ほんにん》が知《し》らないところで、こんなふうに広《ひろ》まってしまうのはよくないし、これからは気《き》をつけなきゃダメだよ。」

「ごめんなさい……、かすみちゃん、ごめん。」

泣《な》きだしそうに目《め》をうるませている塁《るい》くんに、

「そんな、わたしはぜんぜん気《き》にしてないから。だいじょうぶだよ。」

そういいながら笑顔《えがお》でうなずいた。

秋人《あきと》くんが「いったん動画《どうが》は削除《さくじょ》して、試合《しあい》で成功《せいこう》したあとに、あらためてかすみちゃんの名前《なまえ》を載《の》せた動画《どうが》をアップすればいい。」ってアドバイスしてくれたので、塁《るい》くんは

投稿《とうこう》していた動画《どうが》をその場《ば》で削除《さくじょ》してくれた。

もとの動画《どうが》がなくなれば、いやなコメントもいっしょに消《き》えるから、もうだいじょうぶだよね。

そのときは、そんなふうに軽《かる》く思《おも》っていたんだけど。

わたしはスマホも持《も》ってないし、うちにパソコンもないから、いったいなにがおこっていたのか、ほんとうの意味《いみ》ではわかっていなかったんだ。

5 まさか、パパラッチ!?

バレエレッスン翌日《よくじつ》の木曜日《もくようび》。

早朝練習《そうちょうれんしゅう》のあと、今日《きょう》は朝《あさ》のホームルームが始《はじ》まるだいぶ前《まえ》に教室《きょうしつ》に着《つ》くことができた。

「おはよう。」

真《ま》っ先《さき》に声《こえ》をかけてくれた山下《やました》さんは、なぜか自分《じぶん》の席《せき》じゃなくてわたしの席《せき》にすわっていた。

机《つくえ》のすぐそばには島崎《しまざき》さんもいて、なんだか目《め》をキラキラさせながら話《はな》しかけてくれた。

「おはよう、春野《はるの》さん。トリプルアクセルの動画《どうが》、すごいことに……。」

「ごめんなさい、もうちょっと声《こえ》ちっちゃくして。」

たぶんきのうの動画《どうが》のことを話《はな》そうとした島崎《しまざき》さんを、あわてて止《と》めた。問題《もんだい》の動画《どうが》は塁《るい》くんが削除《さくじょ》してくれて、もうさわぎもおさまったはずだし、話《はなし》をむしかえしたくなかったから。

きょとんとしている島崎《しまざき》さんに、小声《こごえ》で事情《じじょう》を話《はな》した。

「ごめんね、あの動画《どうが》、いったん消《け》してもらったんだ。もう少《すこ》したってから、あらためて公開《こうかい》するって。でも、島崎《しまざき》さんたちだったら、リンクに見学《けんがく》に来《き》てくれたら直接《ちょくせつ》見《み》せられるよ。」

調子《ちょうし》がよかったらだけどね……というと、島崎《しまざき》さんはふしぎそうに首《くび》をかしげた。

「あれ？　あの動画《どうが》だったら、今《いま》も見《み》られるし、いいねとかシェアされまくってるけど……。」

今度《こんど》はわたしが首《くび》をかしげると、島崎《しまざき》さんは机《つくえ》の下《した》にかくしながらスマホを見《み》せてくれた。

画面《がめん》の上《うえ》、真《ま》っ白《しろ》なスケートリンクを背景《はいけい》に、黒《くろ》い練習着《れんしゅうぎ》を着《き》た女《おんな》の子《こ》が前向《まえむ》きにジャンプする動画《どうが》が、くりかえし再生《さいせい》されている。

「なんで!?　消《け》してくれたはずなのに。」

よく見《み》てみると、動画《どうが》の投稿者名《とうこうしゃめい》はきのう見《み》た塁《るい》くんのじゃない他人《たにん》のアカウント名《めい》になっていた。投稿《とうこう》するときに書《か》きこまれたコメントも、英語《えいご》になっている。

「これ、水島《みずしま》くんじゃない人《ひと》が勝手《かって》に公開《こうかい》してるんじゃないの?」

山下《やました》さんの指摘《してき》に、島崎《しまざき》さんもうなずいた。

「いったんネットに公開《こうかい》されたものって、完全《かんぜん》には消《け》せないっていうもんね。自分《じぶん》が消《け》したと思《おも》っても、ほかのだれかが保存《ほぞん》してて、またアップロードしたりするから。」

その投稿《とうこう》にも、どんどんコメントがよせられていた。

ほとんどが英語《えいご》の書《か》きこみなのでかんたんな単語《たんご》しか読《よ》めなくてなかなか理解《りかい》できないんだけど、ときどきある日本語《にほんご》のコメントも、文章《ぶんしょう》は読《よ》めるのに意味《いみ》がよくわからない。

『この子《こ》だれ?　まさか瀬賀《せが》くんの彼女《かのじょ》?』

『こんな地味《じみ》な子《こ》、瀬賀《せが》くんとつりあわないでしょ。』

『瀬賀《せが》くんは真白《ましろ》ちゃんとつきあってほしかったのになぁ。』

なに、これ？　いったいどういうこと？

わたしが瀬賀《せが》くんの彼女《かのじょ》だなんて、そんなことありえない。つりあわないのは、自分《じぶん》がいちばんよくわかってるし、真白《ましろ》ちゃんのほうがぜったいにお似合《にあ》いだって、それはわたしもそう思《おも》ってるけど……。

でも、こんなふうに知《し》らない人《ひと》たちに書《か》きたてられるのは変《へん》だと思《おも》うし、すごくいやな気分《きぶん》がした。

そもそも、最初《さいしょ》に塁《るい》くんがしたことは、トリプルアクセルの動画《どうが》をアップロードしただけなのに、どうしてこんな反応《はんのう》されてるの？

山下《やました》さんが、コメントが荒《あ》れている理由《りゆう》を教《おし》えてくれた。

「ふつうの中一《ちゅう》の英語力《えいごりょく》じゃ読《よ》めないと思《おも》うけど、あたし実《じつ》は小学校低学年《しょうがっこうていがくねん》までアメリカで育《そだ》ったから、なんて書《か》いてあるかだいたいわかるんだ。この動画《どうが》についてるコメントの中《なか》に、瀬賀《せが》くんの英語《えいご》での書《か》きこみがあって、こう書《か》いてある。『これは星崎真白《ほしざきましろ》でも涼《すず》森美桜《もりみお》でもない。春野《はるの》かすみっていうスケーターだ。もともとジャンプはうまかったが、こんなすごいアクセルがとべるようになってるなんておどろいた。』ほら、このコメントがそうだよ。」

山下《やました》さんが指《ゆび》さした画面《がめん》の上《うえ》、fuyuki《フユキ》－sega《セガ》というアカウント名《めい》での書《か》きこみを見《み》てみると、数行《すうぎょう》の英語《えいご》のあと最後《さいご》に少《すこ》しだけ日本語《にほんご》が書《か》かれている。

『がんばってんだな春野《はるの》。試合《しあい》で成功《せいこう》するのを楽《たの》しみにしてるよ。』

え、これ、ほんとに瀬賀《せが》くんが書《か》いてくれたんだったら、めちゃくちゃうれしいんだけど！

さっきから気分《きぶん》が落《お》ちこんだり舞《ま》いあがったり、まるでジェットコースターに乗《の》ってるみたいにいそがしい。

「うれしいのはわかるけど、手放《てばな》しには喜《よろこ》べないよ。瀬賀《せが》くんがわざわざコメントしたり、ベタぼめしたりするから、『この春野《はるの》かすみっていったい何者《なにもの》なんだ？』って大《おお》さわぎになってるんだから。瀬賀《せが》くんの彼女《かのじょ》なんじゃないかって。」

冷静《れいせい》にそういう山下《やました》さんに続《つづ》いて、島崎《しまざき》さんも不安《ふあん》そうに眉《まゆ》をひそめていった。

「それ、ヤバくない？　瀬賀《せが》くんって、去年暮《きょねんく》れの全日本選手権《ぜんにほんせんしゅけん》で十六歳《さい》にして三位《い》になって世界選手権代表《せかいせんしゅけんだいひょう》に選《えら》ばれた天才少年《てんさいしょうねん》、今《いま》や『スケートの王子様《おうじさま》』ってよばれてるような スター選手《せんしゅ》なんだから！　瀬賀《せが》くんの彼女《かのじょ》かもしれないってなったら、よくも悪《わる》くも注目《ちゅうもく》されちゃうわよ。」

注目《ちゅうもく》される……っていったいどんなふうに？

あっ、さっき見《み》たみたいな、ちょっといじわるでこわい言葉《ことば》を、もっとたくさんいわれたりするってこと？

でも、ゆうべ塁《るい》くんが動画《どうが》を削除《さくじょ》して終《お》わったと思《おも》ってたのが、ほんとうは終《お》わってなかった（むしろもっと注目《ちゅうもく》されてた）って知《し》っただけでも、心《こころ》の準備《じゅんび》ができるぶん、よかったのかもしれない。

「注目《ちゅうもく》されるっていっても、この動画《どうが》につけられてるいやなコメントを読《よ》まなければ、べつにこまることはないよね。わたし、スマホも持《も》ってないし。瀬賀《せが》くんほど有名人《ゆうめいじん》じゃないから、ネットでさがされてもそんなに情報《じょうほう》も出《で》ないだろうし。でも、知《し》らなかったらあとでびっくりしたかもしれないから、教《おし》えてくれてありがとう。」

山下《やました》さんと島崎《しまざき》さんにお礼《れい》をいっていたとき、後《うし》ろからかん高《だか》い声《こえ》がした。

「そんなのあまいわよっ！」

いつのまにかすぐ後《うし》ろに久石《ひさいし》さんが立《た》っていて、わたしたちをにらみつけていた。

「一度《いちど》ネットで注目《ちゅうもく》されたら、すぐにいろんな情報《じょうほう》が出回《でまわ》って、あることないこと書《か》きたてられるのよ。春野《はるの》さんなんて、全日本《ぜんにほん》ジュニアに出《で》たりして名前《なまえ》も顔《かお》も知《し》られてるんだから、もしかすると住所《じゅうしょ》もさがされてパパラッチにねらわれるかもしれないわ。」

「えっと、ごめんなさい、パパラッチってなんのこと？」

ひとつだけ意味《いみ》がわからなかった言葉《ことば》をたずねたら、久石《ひさいし》さんは眉《まゆ》をつり上《あ》げてますますふきげんな顔《かお》になった。

久石《ひさいし》さんグループの人《ひと》たちが、遠巻《とおま》きにこっちを見《み》ながらヒソヒソいう声《こえ》が聞《き》こえた。

「え〜、そんなことも知《し》らないんだ。」

「テレビとかふつうに見《み》てたらわかると思《おも》うんだけどぉ。」

「もしかして春野《はるの》さんちテレビないのかもよ。」

クスクス笑《わら》いをさえぎるように、山下《やました》さんの声《こえ》がひびいた。

「パパラッチは有名人《ゆうめいじん》のプライベートを追《お》いかけまわしてスクープ写真《しゃしん》を撮《と》ろうとするカ

メラマンのこと。べつに知《し》らなくたってはずかしくもなんともないし、タレントでもない女《おんな》の子《こ》を追《お》いかけるほどパパラッチだってひまじゃないと思《おも》うわ。」

きっぱりいいきってくれた山下《やました》さんの言葉《ことば》に、少《すこ》しホッとした。

そうだよね、わたしみたいなふつうの女子中学生《じょしちゅうがくせい》を追《お》いまわしても、パパラッチの人《ひと》たちになんのメリットもないと思《おも》うもの。

でもまぁ、追《お》いかけられてもすぐ逃《に》げられるように、心《こころ》がまえだけはしておいたほうがいいかもしれない。

「あの、久石《ひさいし》さんも、いろいろ教《おし》えてくれてありがとう。」

パパラッチに気《き》をつけるよう教《おし》えてくれたことにお礼《れい》をいうと、久石《ひさいし》さんはおどろいたみたいに目《め》を見開《みひら》いた。

「春野《はるの》さんって、ほんっとに変《か》わってるわね。べつに、親切《しんせつ》で教《おし》えてあげたわけじゃないわよ。変《へん》な人《ひと》たちが学校《がっこう》まで押《お》しかけたりしたら迷惑《めいわく》だから気《き》をつけなさいよ、っていいたかっただけ。ほんとに、まわりに迷惑《めいわく》だけはかけないでよね。」

フン！　と鼻息荒《はないきあら》く、そっぽを向《む》くと、久石《ひさいし》さんは自分《じぶん》の席《せき》にもどっていった。

そのときは、高木先生《たかぎせんせい》が教室《きょうしつ》に入《はい》ってきて、動画《どうが》の話《はなし》はそれで終《お》わっちゃったんだけど。

放課後《ほうかご》になって、みんなが心配《しんぱい》してくれたことが現実《げんじつ》になってしまった。

真子《まこ》ちゃんと塁《るい》くんがうちの教室《きょうしつ》まで迎《むか》えにきてくれて、三人《にん》いっしょにスケートリンクに向《む》かっていたとき――。

桜ヶ丘公園《さくらがおかこうえん》の敷地《しきち》に入《はい》り、リンクまで続《つづ》くスロープをのぼっていると、急《きゅう》にカメラを持《も》った男《おとこ》の人《ひと》が駆《か》けよってきた。

「えーと、どっちが春野《はるの》かすみって子《こ》？」

カメラを構《かま》えて、レンズごしにわたしと真子《まこ》ちゃんを交互《こうご》に見《み》ながら、その人《ひと》はたずねた。

どっちが、って聞《き》くってことは、わたしのことも真子《まこ》ちゃんのことも知《し》らない人《ひと》なんだ。

ということは、今《いま》までの大会《たいかい》に取材《しゅざい》に来《き》てくれていた、新聞《しんぶん》やフィギュアスケート雑誌《ざっし》の記者《きしゃ》さんじゃないってことだ。

そういう正体不明《しょうたいふめい》の人《ひと》には答《こた》えなくていいのかな、と思《おも》っていたんだけど、不安《ふあん》げにわたしのほうを見《み》ている塁《るい》くんの視線《しせん》で、その人《ひと》は気《き》づいてしまったようだった。

「きみが、春野《はるの》かすみちゃんかな？」

カシャッ！

しゃべりながらシャッターを切《き》られて、思《おも》わず顔《かお》をそむけた。

なにこれ？　無断《むだん》で写真《しゃしん》を撮《と》るなんて、こんなのまるで……えっとなんだっけ、久石《ひさいし》さんがいってた、そうだ、パパラッチだ、この人《ひと》！

「なるほど〜、ちょっと地味《じみ》だけど、まぁかわいいっちゃーかわいいかな。」

パパラッチが、しゃべりながらずっと写真《しゃしん》を撮《と》ってるのを、「やめて！」っていいたいのに、顔《かお》をかくすのがせいいっぱいで声《こえ》が出《で》ない。

「おいっ、勝手《かって》に写真撮《しゃしんと》るなよ！」

大声《おおごえ》でいいながら、塁《るい》くんがパパラッチの前《まえ》で両手《りょうて》をひろげて、わたしをかばってくれていた。

塁《るい》くんの肩《かた》ごしに見上《みあ》げると、パパラッチはムッとしたように眉《まゆ》をひそめてから、一瞬《いっしゅん》あとにはニヤニヤ笑《わら》いを浮《う》かべている。

「きみもここのスケートリンクで練習《れんしゅう》してる子《こ》だよね？　すごいよね、同《おな》じリンクにトリプルアクセルがとべる天才少女《てんさいしょうじょ》がいるなんてさ。」

その言葉《ことば》を聞《き》いて、急《きゅう》に体《からだ》が動《うご》いて塁《るい》くんの前《まえ》に一歩《ぽ》ふみだしていた。

「わたしは、天才《てんさい》なんかじゃありません！　トリプルアクセルはまだ十回《かい》に三回《かい》ぐらいの成功率《せいこうりつ》だし。もっときれいなトリプルアクセルをとべる選手《せんしゅ》は何人《なんにん》もいます。リンクメートの真白《ましろ》ちゃんだって練習《れんしゅう》で成功《せいこう》したのを見《み》たことがあります。わたしなんて、動画《どうが》を撮《と》ってもらった日《ひ》に偶然調子《ぐうぜんちょうし》がよかっただけですから。」

いい終《お》えた瞬間《しゅんかん》、膝《ひざ》がガクガクふるえだしていた。

知《し》らない人《ひと》に向《む》かって、こんなにはっきりしゃべったのは、たぶんはじめてだと思《おも》う。自分《じぶん》でも一気《いっき》にスラスラしゃべれておどろいているけれど、どうしてもいいたかったんだ。

去年秋《きょねんあき》の全日本《ぜんにほん》ジュニアで、中嶋亜子《なかじまあこ》ちゃんや葉月陽菜《はづきはるな》さんのトリプルアクセルを見《み》て、わたしもとべるようになりたいって思《おも》った。

夏《なつ》の野辺山合宿《のべやまがっしゅく》から続《つづ》けていた陸上《りくじょう》トレーニングをそれまで以上《いじょう》にみっちりやって、体《たい》力《りょく》や瞬発力《しゅんぱつりょく》をつけていたから、練習《れんしゅう》しはじめたときも「ぜんぜんムリ！」だとは感《かん》じなかった。

何度《なんど》も瀬賀《せが》くんのトリプルアクセルの映像《えいぞう》を見返《みかえ》して、自分《じぶん》の頭《あたま》の中《なか》にイメージを作《つく》って、少《すこ》しずつそれに近《ちか》づけるようがんばった。

もともと「ジャンプが得意《とくい》だね。」っていわれてたんだからって、自信《じしん》を持《も》って「ぜったいできるようになる。」って自分《じぶん》にいいきかせていたからこそ、なんとかとべるようになったんだと思《おも》う。

うまくできている一回《かい》だけを切《き》り取《と》った動画《どうが》を見《み》て、「すごい！」「天才《てんさい》だ！」なんていわれても、うれしくなんてないよ。

そんな言葉《ことば》よりも「がんばってんだな。」ってひとことといわれただけで、努力《どりょく》が認《みと》められた気《き》がするし、もっともっとがんばれそうな気《き》がするんだよね。

「いやいや、いくら調子《ちょうし》がよくても、才能《さいのう》ないやつにトリプルアクセルはとべないでしょ？　さすがは瀬賀《せが》くんの彼女《かのじょ》だよねぇ。天才《てんさい》は天才同士《てんさいどうし》、ひかれ合《あ》うのかな。」

この人《ひと》、さっきわたしがいったこと、ぜんぜん聞《き》いてなかったの？

いや、聞《き》こうともしてなかったんだ、きっと。

急《きゅう》に力《ちから》がぬけてしまって、なんていいかえせばいいのか言葉《ことば》が出《で》てこなくなっちゃった。

また、塁《るい》くんが盾《たて》になるようにわたしの前《まえ》に出《で》てくれたとき、リンクの玄関《げんかん》のほうから足音《あしおと》が聞《き》こえた。

いつのまによびにいってくれてたのか、真子《まこ》ちゃんがコーチの寺島先生《てらしませんせい》を連《つ》れてきてくれていたんだ。

「うちのクラブの選手《せんしゅ》に取材《しゅざい》したいのでしたら、ちゃんとリンクの事務局《じむきょく》を通《とお》してくれませんか。いえ、その前《まえ》にスケート連盟《れんめい》にも申請《しんせい》して、許可《きょか》を得《え》てからにしてくれませんかね。こんなところでいきなり選手《せんしゅ》をつかまえて勝手《かって》に写真《しゃしん》を撮《と》るなんて、不審者《ふしんしゃ》として通報《つうほう》しますよ！」

先生《せんせい》が凜《りん》とした声《こえ》でそういい放《はな》つと、パパラッチは軽《かる》く舌打《したう》ちしてから、公園通《こうえんどお》りのほうへとスロープを駆《か》けおりていった。

結局《けっきょく》あの人《ひと》、先生《せんせい》の顔見《かおみ》たら取材《しゅざい》のお願《ねが》いもしないで逃《に》げてったし、あやまりもしなかった。

「かすみちゃん、だいじょうぶだった?」

真子《まこ》ちゃんが手《て》をにぎってくれた瞬間《しゅんかん》、急《きゅう》に涙《なみだ》が出《で》てきてあせった。

泣《な》くつもりなんてなかったのに、ホッとして気《き》がゆるんだせいかな。

それよりも、自分《じぶん》が注目《ちゅうもく》されるかもしれないことやパパラッチが来《く》るかもしれないことを聞《き》いて、ちゃんと心《こころ》がまえもしてたはずなのに、じっさい来《き》ちゃったらなにもできなかったことがくやしかったのかも。

時間《じかん》にしたらほんの数分《すうふん》つかまっていただけで、特《とく》に被害《ひがい》はなかったんだけど。

真子《まこ》ちゃんに肩《かた》を抱《だ》かれるように支《ささ》えてもらいながら、リンクに向《む》かうあいだも、ずっとイヤな気分《きぶん》だけが残《のこ》っていた。

その日《ひ》はトリプルアクセルどころか、全体的《ぜんたいてき》にジャンプの失敗《しっぱい》が多《おお》いまま、練習《れんしゅう》が終《お》わってしまった。

6 うれしいのに涙《なみだ》が出《で》るの

ここ数年《すうねん》、女子《じょし》でもトリプルアクセルに挑戦《ちょうせん》する選手《せんしゅ》は、だんだんふえてきている。

でも、トリプルアクセルを練習《れんしゅう》しているだけなら、それをリンクメート以外《いがい》に知《し》られることはほとんどない。

公式《こうしき》の試合《しあい》に出《で》て演技《えんぎ》の中《なか》で成功《せいこう》させてはじめて「トリプルアクセルをとんだ選手《せんしゅ》」だと認《みと》められるから、それまでのあいだに注目《ちゅうもく》をあびることなんて、ふつうないはずだった。

ふつうは、ないはずなんだけど……ここ数日《すうじつ》あきらかに注目《ちゅうもく》をあびているのは、わたしの思《おも》いすごしじゃないはず。

金曜《きんよう》の放課後《ほうかご》、一般滑走時間中《いっぱんかっそうじかんちゅう》のリンクに足《あし》をふみいれたとたん、なんだかいつもと空気《くうき》がちがうのがわかった。

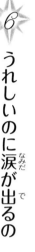

日曜《にちよう》や祝日《しゅくじつ》は、年《ねん》に数回《すうかい》だけスケートをする人《ひと》や、中《なか》にははじめてスケートをしにくるという人《ひと》も多《おお》いので、一般客《いっぱんきゃく》は知《し》らない人《ひと》ばかりなのがふつうだ。

でも、今日《きょう》みたいな平日《へいじつ》の夕方《ゆうがた》は、昼間《ひるま》のスケート教室《きょうしつ》に通《かよ》っている主婦《しゅふ》やお年《とし》より、会社《かいしゃ》の有給休暇《ゆうきゅうきゅうか》を使《つか》ってゆっくりすべりにきたスケート経験者《けいけんしゃ》の社会人《しゃかいじん》などなど、常連客《じょうれんきゃく》といえるような人《ひと》たちが多《おお》い。

そういう人《ひと》たちはスケートクラブの子《こ》たちとも顔《かお》なじみで、リンクサイドですれちがうと声《こえ》をかけてくれたりする。逆《ぎゃく》に、リンク内《ない》での練習中《れんしゅうちゅう》は邪魔《じゃま》にならないように、用《よう》もないのに声《こえ》をかけたりしないでいてくれる。

だけど、今日《きょう》いつもよりかなり多《おお》く見《み》える一般客《いっぱんきゃく》の人《ひと》たちは、大半《たいはん》が知《し》らない人《ひと》で、わたしがジャンプをとぼうとするとヒソヒソ話《はな》したり、スマホを構《かま》えたりするので、どうしても気《き》が散《ち》ってしまう。

なんでこんな状況《じょうきょう》になっているのかは、昼間《ひるま》、教室《きょうしつ》でまた島崎《しまざき》さんが教《おし》えてくれた。

きのうネット上《じょう》で広《ひろ》まっていた動画《どうが》をもとに、わたしがトリプルアクセルのコンビネーションジャンプを成功《せいこう》したことや、その動画《どうが》に瀬賀《せが》くんがコメントしたことなどをまとめたニュース記事《きじ》が、ネットニュースのサイトに掲載《けいさい》されていたというのだ。

ニュース記事《きじ》といっても、SNS《エスエヌエス》に書《か》きこまれていたいろんな人《ひと》のコメントをつぎはぎしただけの文章《ぶんしょう》で、もちろんわたしやもとの動画《どうが》を撮影《さつえい》した塁《るい》くんにも、だれも取材《しゅざい》しにきていない。

あの動画《どうが》のコメントにはなかったはずの、わたしのアップの写真《しゃしん》……しかも、ふきげんそうにそっぽを向《む》きかけている写真《しゃしん》は、たぶんきのうのリンクの前《まえ》でパパラッチに撮《と》られたものだ。

無断《むだん》で撮《と》った写真《しゃしん》を載《の》せるなんて、ぜったいダメだと思《おも》うんだけど。

その無許可《むきょか》の写真《しゃしん》だけじゃなく、全日本《ぜんにほん》ジュニアのパンフレットに載《の》ったときの顔写真《かおじゃしん》や、瀬賀《せが》くんといっしょに写《うつ》っている写真《しゃしん》なども何枚《なんまい》かあった。

中《なか》でも、去年《きょねん》の夏《なつ》のアイスショーで、浴衣姿《ゆかたすがた》でアフターパーティーに参加《さんか》したときの写《しゃ》真《しん》があったことに、すごくショックを受《う》けた。

「この写真《しゃしん》ってコラ画像《がぞう》じゃないの？」

「……コラってなに？」

「春野《はるの》さん、ネットのことなんにも知《し》らないのね。コラはコラージュの略《りゃく》で、何枚《なんまい》かの画《が》像《ぞう》を組《く》み合《あ》わせて、もとからあったひとつの画像《がぞう》みたいに見《み》せることよ。これって、コラじゃないなら、春野《はるの》さんモテモテじゃないの。」

そういって島崎《しまざき》さんが指《ゆび》さした画面《がめん》に映《うつ》っていたのは、わたしがロシアのゴドゥノフ選《せん》手《しゅ》に冗談《じょうだん》で抱《だ》きよせられて、瀬賀《せが》くんがそれに怒《おこ》ってるみたいな瞬間《しゅんかん》の写真《しゃしん》だった。

「ち、ちがっ……これは、そんなんじゃなくて……。」

説明《せつめい》しようにも、脳内《のうない》で記憶《きおく》を再生《さいせい》するだけでもはずかしくて、しどろもどろになってしまう。

あのときのことは思《おも》いだすたびに心《こころ》の中《なか》でさけびだしたくなるような「黒歴史《くろれきし》」だけど、あのパーティーのことは、プロのカメラマンさんが撮《と》った公式《こうしき》サイトや雑誌《ざっし》に掲載《けいさい》されている写真《しゃしん》以外《いがい》の、お客《きゃく》さんが撮《と》った写真《しゃしん》は公表不可《こうひょうふか》だって聞《き》いてたから安心《あんしん》してたのに。

こんなスナップ写真《しゃしん》がわたしたちにひとことも断《ことわ》りなくネットに載《の》せられてるなんて、

だれかが自分用《じぶんよう》に撮《と》っていたものを無許可《むきょか》で公表《こうひょう》したとしか考《かんが》えられない。

「人《ひと》の噂《うわさ》も七十五日《しちじゅうごにち》っていうことわざもあるし、ネットのニュースなんてもともと春野《はるの》さんは見《み》てなかったんだから、気《き》にしないで無視《むし》してるうちにさわいでる人《ひと》たちもきっとあきちゃうよ。」

「おさまるまで待《ま》つよりも、マナーやぶって写真《しゃしん》を公開《こうかい》してる人《ひと》とか、名誉毀損《めいよきそん》レベルの悪口《わるくち》を書《か》きこんでる人《ひと》には『訴《うった》えますよ！』っていうほうがいいと思《おも》うよ。おばさんのだんなさんの妹《いもうと》さんが弁護士《べんごし》やってるから、たのんであげようか？」

山下《やました》さんと島崎《しまざき》さんからそれぞれにアドバイスをもらったけど、気《き》にしないのも訴《うった》えるのもわたしにはムリだよ（島崎《しまざき》さんの親戚《しんせき》の弁護士《べんごし》さんには「絶対《ぜったい》にたのまないで。」ってお願《ねが》いしておいた）。

リンクに来《き》てからも、練習中《れんしゅうちゅう》にリンクサイドにいる人《ひと》のスマホ画面《がめん》が光《ひか》ったりすると、写真《しゃしん》を撮《と》られてるんじゃないかと思《おも》って、体《からだ》が硬《かた》くなってしまう。

きのうから調子《ちょうし》をくずしかけていたジャンプが、今日《きょう》はほぼ全滅《ぜんめつ》……単独《たんどく》の三回転《かいてん》トウループさえ転倒《てんとう》してしまう。

そんな状態《じょうたい》でトリプルアクセルなんてとべるわけがない。

転《ころ》んで氷《こおり》の上《うえ》にしりもちをつくたびに、こんな場面《ばめん》も写真《しゃしん》に撮《と》られていて、またネットニュースに載《の》せられるんじゃないかと思《おも》うと、ますます動《うご》きがこわばっていく。

「かすみちゃん、今日《きょう》はジャンプはやめてスピンを重点的《じゅうてんてき》にやろうか。」

寺島先生《てらしませんせい》にそういわれて、今日《きょう》はコンビネーションスピンの練習《れんしゅう》に集中《しゅうちゅう》することにした。

ほんとうなら近《ちか》づいてきた全中《ぜんちゅう》に向《む》けて、曲《きょく》かけ練習《れんしゅう》をもっとふやしたいんだけど、ジャンプを全部失敗《ぜんぶしっぱい》してしまうと、演技《えんぎ》がとぎれてしまって通《とお》し練習《れんしゅう》の意味《いみ》がなくなってしまう。

きのう、パパラッチに写真《しゃしん》を撮《と》られたときに助《たす》けにきてくれたことで、寺島先生《てらしませんせい》にもだいたいの事情《じじょう》を話《はな》していたからか、「しばらくのあいだジャンプはかんたんなものから慣《な》れていくようにしようね。」といってくれたんだ。

調子《ちょうし》をくずしているのはわたしだけじゃなくて、塁《るい》くんもだった。

数日前《すうじつまえ》には、トリプルアクセル＋トリプルトウループのコンビネーションジャンプにも何度《なんど》も成功《せいこう》していたはずなのに、今日《きょう》はとぶたびに転倒《てんとう》してしまっている。

塁《るい》くんは、動画《どうが》さわぎのことをコーチの木谷先生《きたにせんせい》に話《はな》していないのかな。

「急《きゅう》にどうした？　もうすぐ全中《ぜんちゅう》なのに、気《き》をぬいてるひまはないぞ。」

「すみません、気合入《きあいい》れてとびます！」

両手《りょうて》で自分《じぶん》の顔《かお》をはさむようにバチン！　とたたいてから、塁《るい》くんはまたトリプルアクセルの助走《じょそう》に入《はい》った。

真剣《しんけん》なまなざしでふみきる先《さき》の氷面《ひょうめん》を見《み》つめ、片足《かたあし》を振《ふ》り上《あ》げて勢《いきお》いをつけるようにして、前《まえ》に向《む》かってとびあがる。

高《たか》さはじゅうぶん、だと思《おも》ったのに、パッと見《み》てすぐわかるくらい回転《かいてん》の方向《ほうこう》がななめになってしまい、たたきつけられるように転《ころ》んでしまった。

いつもなら転《ころ》んでもはね返《かえ》ってくるみたいにすぐおきあがってまたすべりだすのに、今日《きょう》の塁《るい》くんは動《うご》きが遅《おそ》くて元気《げんき》がない。

はい！　すみません！　がんばります！　って口《くち》では元気《げんき》よく返事《へんじ》しているのに、表情《ひょうじょう》や動《うご》きにいつもの明《あか》るさが感《かん》じられない。

練習時間《れんしゅうじかん》が終《お》わってから、リンクサイドの座席《ざせき》で靴《くつ》をはきかえるあいだも、しょんぼりしてタメ息《いき》をついている。

「塁《るい》くん、だいじょうぶ？　元気《げんき》ないみたいだけど。」

声《こえ》をかけると、塁《るい》くんはハッと目《め》を見開《みひら》いたあと、目《め》をそらすようにうつむいてしまった。

「ごめん、かすみちゃんに心配《しんぱい》してもらうなんて、おれ……ほんと、ごめん……しかいえなくて、ごめん。」

え、ちょっと「ごめん。」っていいすぎじゃない？　それになんだか塁《るい》くんらしくないよ。

「そんなにあやまらないで。塁《るい》くんが落《お》ちこんでると、みんなも元気《げんき》がなくなっちゃうよ。」

「おれが悪《わる》いんだから、あやまるのは当然《とうぜん》だろ。かすみちゃんがイヤな思《おも》いしてるのは、おれが勝手《かって》に動画《どうが》を公開《こうかい》したせいなんだから。」

「そんなことない、塁《るい》くんは悪《わる》くないよ。塁《るい》くんはすぐに動画《どうが》消《け》してくれたのに、勝手《かって》にまたアップした人《ひと》がいたから、変《へん》なさわぎになっただけで……。」

塁《るい》くんのせいじゃない、ってわかってほしいのに、うまくいえなくて口《くち》ごもってしまう。

「まぁ、塁《るい》のしたことがきっかけではあるけど、火《ひ》に油《あぶら》をそそいだのは冬樹《ふゆき》だもんな。」

「ほんまや、冬樹《ふゆき》のコメントがなかったら、あんなに炎上《えんじょう》してへんかったわ。」

いつから話《はなし》を聞《き》いてたんだろう。

気《き》がつくとわたしの後《うし》ろに秋人《あきと》くんと真白《ましろ》ちゃんがいた。

ずっとうつむいていた塁《るい》くんも、ふたりに話《はな》しかけられておどろいて顔《かお》を上《あ》げた。

秋人《あきと》くんと真白《ましろ》ちゃんは、顔《かお》を見合《みあ》わせるとふたり同時《どうじ》にいたずらっぽい笑《え》みを浮《う》かべた。

「明日《あした》の朝《あさ》、練習《れんしゅう》が始《はじ》まる前《まえ》に、ちょっと時間《じかん》もらえるかな。冬樹《ふゆき》とスカイプつないで、なんであんなコメントしたのか説明《せつめい》させるから。」

「ちゃんとかすみちゃんにあやまれって、いうといたるからね。」

スカイプってスマホの画面《がめん》ごしにお互《たが》い顔《かお》を見《み》て話《はな》せる、テレビ電話《でんわ》みたいなものだったよね。

何度《なんど》か秋人《あきと》くんのスマホを借《か》りて、瀬賀《せが》くんとスカイプで話《はな》したことはあるけど、カナダでスケート留学中《りゅうがくちゅう》——今《いま》は世界選手権《せかいせんしゅけん》をめざして猛練習中《もうれんしゅうちゅう》だと思《おも》うのに、こっちの都合《つごう》で電話《でんわ》したりしていいのかな。

「で、でも、そんな朝早《あさはや》く電話《でんわ》したら、迷惑《めいわく》じゃない、ですか？」

そうたずねたら、秋人《あきと》くんと真白《ましろ》ちゃんが、また同時《どうじ》に吹《ふ》きだした。

「今《いま》ここで連絡《れんらく》するより、明日《あした》の早朝《そうちょう》のほうが冬樹《ふゆき》は喜《よろこ》ぶと思《おも》うよ。たぶん今《いま》は夜中《よなか》か明《あ》け方《がた》ぐらいだと思《おも》うから。」

そうだった、瀬賀《せが》くんがいるカナダとは時差《じさ》が十五、六時間《じかん》もあって、この前練習終《まえれんしゅうお》わりにスカイプしたときに、たしか朝《あさ》の三時《じ》だっていってた。

「じゃあ、明日《あした》の朝《あさ》でお願《ねが》いします。」

思《おも》わず秋人《あきと》くんに向《む》かって頭《あたま》を下《さ》げてしまったあとで、時間《じかん》じゃなくて瀬賀《せが》くんにこっちから連絡《れんらく》すること自体《じたい》が迷惑《めいわく》なんじゃないかな、って気《き》づいたんだけど。

そばで話《はなし》を聞《き》いていた真子《まこ》ちゃんまで、真白《ましろ》ちゃんたちといっしょになって「明日《あした》は瀬《せ》賀《が》くんにあやまらせるぞ〜！」ってすっかり盛《も》り上《あ》がってしまっていた。

翌朝《よくあさ》、リンクの受付《うけつけ》を通《とお》ろうとしていたら、秋人《あきと》くんに玄関外《げんかんそと》から手《て》まねきされた。

連《つ》れていかれたのは、市民《しみん》ホール裏《うら》にあるベンチのところだった。

ホールの裏口前《うらぐちまえ》に小《ちい》さめの駐車場《ちゅうしゃじょう》があって、公園《こうえん》との境目《さかいめ》にぐるりとツツジの木《き》が植《う》えられている。

その生《い》け垣《がき》を背《せ》にして置《お》かれた木製《もくせい》のベンチは、わたしと花音《かのん》さん（瀬賀《せが》くんの亡《な》くなったお姉《ねえ》さんで、わたしにだけ見《み》えている幽霊《ゆうれい》）がはじめて会《あ》った思《おも》い出《で》の場所《ばしょ》でもある。

「もうあっちとつながってるから、そのまま話《はな》したらいいよ。話《はな》し終《お》わったら、どこにもさわらずにそのまま返《かえ》してね。」

秋人《あきと》くんはスマホを渡《わた》してくれると、すぐリンクのほうに走《はし》っていってしまった。

どうしよう。何度《なんど》やっても、スマホもスカイプも慣《な》れないなぁ。

ベンチに腰《こし》かけて、スマホをそぅーっと目《め》の前《まえ》に持《も》ち上《あ》げてみると、眉間《みけん》にシワをよせた瀬賀《せが》くんが画面《がめん》の中《なか》にいた。

「遅《おせ》ぇよ！　もう二回《かい》もスカイプしてんだから、いいかげん慣《な》れろ。」

うわ、まるで心《こころ》を読《よ》まれてたみたい。自分《じぶん》でも慣《な》れてないと思《おも》ってたことをいいあてられて、なぜだか「ふふっ。」と笑《え》みがこぼれてしまった。

笑《わら》うな！　って怒《おこ》られちゃうかと、思《おも》わず片手《かたて》で口《くち》を押《お》さえたら、つり上《あ》がっていた瀬《せ》賀《が》くんの眉《まゆ》がフワリと下《さ》がった。

「べつに怒《おこ》ってねえから、笑《わら》っていいぞ。……いや、むしろ笑《わら》ってくれ。今日《きょう》は、おれのほうがあやまるんだから、えらそうに怒《おこ》ってる立場《たちば》じゃないんだよな。」

オレ様《さま》モードのふきげんな顔《かお》でも、試合《しあい》のときのキリッとした顔《かお》でもない、ちょっと情《なさ》けない表情《ひょうじょう》の瀬賀《せが》くんが、画面《がめん》ごしにわたしを見《み》つめている。

決《けっ》してカッコよくはないんだけど、はじめて見《み》る表情《ひょうじょう》に、心臓《しんぞう》が一瞬《いっしゅん》キュンとしてから、鼓動《こどう》がどんどん速《はや》くなる。

ドキドキいってる音《おと》が耳《みみ》の奥《おく》にひびいて、まわりの音《おと》どころか自分《じぶん》の声《こえ》さえ聞《き》こえなくなりそう。

「あの、あやまるってそんな、瀬賀《せが》くんが悪《わる》いわけじゃ、ないし……。」

きのう、塁《るい》くんと話《はな》してたときといっしょで、瀬賀《せが》くんのせいじゃないって、もっとしっかり伝《つた》えたいんだけど、うまく言葉《ことば》が出《で》てこない。

でも瀬賀《せが》くんは、あくまでも自分《じぶん》が悪《わる》いんだって落《お》ちこんでた塁《るい》くんとは、ちょっとちがってた。

「まあ、さわぎをおこそうとか、炎上《えんじょう》させようと思《おも》ってコメントしたわけじゃないから、その辺《へん》はおれが悪《わる》いわけじゃねえけどな。」

え、結局《けっきょく》あやまるわけじゃなかったの？　どっちなの？

思《おも》わず首《くび》を深《ふか》くかしげてしまったら、瀬賀《せが》くんはフッと口《くち》もとを片方《かたほう》だけ持《も》ち上《あ》げた笑《え》みを浮《う》かべた。

「いや、やっぱりまずあやまんなきゃな。あのコメントは、うっかりまちがえて書《か》いちまったんだ。前《まえ》の日《ひ》に、水島《みずしま》がアップしていた動画《どうが》を見《み》て、そのときは練習中《れんしゅうちゅう》だったから、あとでコメントしようと思《おも》ってしばらく忘《わす》れてたんだ。それで次《つぎ》の日《ひ》、同《おな》じ動画《どうが》が拡《かく》散《さん》されてるのを見《み》つけたら、そこに『このすばらしいトリプルアクセルは真白《ましろ》ちゃんなのか?』とか『このリンクなら美桜《みお》ちゃんもいるはずだ。』とか英語《えいご》で書《か》きこんでるやつがやたら多《おお》くてさ。カッとなって『これは星崎真白《ほしざきましろ》でも涼森美桜《すずもりみお》でもない。春野《はるの》かすみっていうスケーターだ。』って書《か》きこんじまったんだ。あとになって、ぜんぜんちがうやつのアカウントだったことに気《き》づいて、おれのコメントは消《け》したんだけど、もうニュースサイトにまとめられてしまってた。おれのミスで、春野《はるの》にも水島《みずしま》にも迷惑《めいわく》かけて、悪《わる》かったって思《おも》ってる。ほんと、ごめん。」

立《た》て板《いた》に水《みず》っていうんだろうか、一気《いっき》に説明《せつめい》されても、すぐにはなかなか全部理解《ぜんぶりかい》できない。

たぶん、わたしの動画《どうが》を見《み》た人《ひと》たちが、真白《ましろ》ちゃんや美桜《みお》ちゃんとまちがえていたことに「カッとなって」つい書《か》きこんでしまった、ってことでまちがいないんだよね。

うれしいとかてれるとか、自分《じぶん》の気持《きも》ちに名前《なまえ》をつけるよりも前《まえ》に、だんだんほっぺが熱《あつ》くなってきて耳《みみ》までじんじんしてきた。

もしかしたら瀬賀《せが》くんにも、画面《がめん》を通《とお》して、わたしの顔《かお》が真《ま》っ赤《か》なのが伝《つた》わっちゃってるかな。

「あ……ありがとう、ございます。」

しぼりだすようにそういうと、瀬賀《せが》くんはきょとんと目《め》を丸《まる》くした。

「おれがあやまってるのに、なんで礼《れい》をいわれてるのか、意味《いみ》わかんねえぞ。」

「いや、えっと、う、うれしいから、です。あのジャンプをとんでるのがわたしだってわかってくれて、まちがえてる人《ひと》に訂正《ていせい》してくれて。それから、日本語《にほんご》で『がんばってんだ。』って書《か》いてくれてたのも、すごく、うれしかったから……。」

いいながら、思《おも》わずうつむいてしまった。

よそ見《み》すんなよ、って怒《おこ》られちゃうかな、と思《おも》って顔《かお》を上《あ》げたとき、びっくりしてまた心臓《しんぞう》がすごい音量《おんりょう》でドキドキ鳴《な》りはじめた。

だって、瀬賀《せが》くんもほっぺと耳《みみ》を真《ま》っ赤《か》にそめて、画面《がめん》から視線《しせん》をそらしていたんだもの。

瀬賀《せが》くんはわたしより三つも年上《としうえ》で、シニアでも世界《せかい》トップクラスの選手《せんしゅ》なのに、なんだかすごく、すっごく、かわいく見《み》えたんだ。

でも、どうしよう。いつもは、わたしがてれてしゃべれなくても、瀬賀《せが》くんがどんどん話《はな》しかけてくれるのに、瀬賀《せが》くんまでてれちゃったら、この会話《かいわ》、どうやって進《すす》めたらいいの？

わたしのほうは見《み》ないまま、ちょっとふてくされたようにボソボソと瀬賀《せが》くんがつぶやいた。

「なんだよ……面《めん》と向《む》かってしゃべったら、いつもしどろもどろになるくせに、こんな不《ふ》意打《いう》ち、ズルいだろ。」

「え、不意打《ふいう》ちって……？」

わたし、またなにか変《へん》なこといっちゃったんだろうか。

不安《ふあん》になって首《くび》をかしげていると、瀬賀《せが》くんは「悪《わる》い意味《いみ》じゃねえよ。」といった。

やっとまっすぐこっちを向《む》いてくれた瀬賀《せが》くんは、まだ少《すこ》し耳《みみ》が赤《あか》かった。

「おれも、うれしいんだ。結果《けっか》として、ややこしいことになっちまったけど、おれの書《か》きこんだ言葉《ことば》が春野《はるの》に届《とど》いて、それをうれしいと思《おも》ってくれたってことが……。」

わたしがうれしいと思《おも》ったことを、瀬賀《せが》くんもうれしいと思《おも》ってくれて、そのことがま

たうれしくて泣《な》きそうになって――。

うれしい気持《きも》ちが心《こころ》の中《なか》からどんどんわいてきて、あふれだして止《と》まらなくなる。「うれしい」の洪水《こうずい》にのみこまれて、おぼれて息《いき》ができなくなりそうだよ。

わたしも瀬賀《せが》くんも、なかなか次《つぎ》の言葉《ことば》が出《で》てこなくて、ただ見《み》つめ合《あ》っているだけなのに、なぜだかずっとこのままでいたい気分《きぶん》になった。

画面《がめん》ごしだから、こんなにずっと見《み》つめていられるのかな、とも思《おも》う。

でもやっぱり、画面《がめん》ごしじゃない瀬賀《せが》くんに会《あ》いたくなった。

朝《あさ》のリンクでいっしょにコンパルソリーの練習《れんしゅう》をしたり、映像《えいぞう》じゃない実物《じつぶつ》のお手本《てほん》トリプルアクセルを見《み》せてもらったり……いつかまた、そんなふうに、そばにいられる日《ひ》が来《き》たらいいのに……。

そう思《おも》った瞬間《しゅんかん》、「うれしい」の真《ま》ん中《なか》で、見《み》つめ合《あ》ってほほえみ合《あ》っていたというのに、急《きゅう》に涙《なみだ》があふれてきた。

そのとき、ちょうど秋人《あきと》くんと真白《ましろ》ちゃんが様子《ようす》を見《み》にきて、泣《な》いてるわたしを見《み》て誤《ご》解《かい》してしまった。

画面《がめん》の向《む》こうでうろたえている瀬賀《せが》くんが真白《ましろ》ちゃんにめちゃくちゃ怒《おこ》られているのを、助《たす》けてあげなきゃと思《おも》っても、泣《な》きやんでちゃんと説明《せつめい》できるまでには、かなり長《なが》いことかかってしまったのだった。

7 お帰《かえ》りなさい、フローラちゃん！

動画《どうが》の炎上《えんじょう》さわぎがあってから全中《ぜんちゅう》が始《はじ》まるまでのあいだ、あわただしい日々《ひび》が続《つづ》いた。

早朝練習《そうちょうれんしゅう》は全中《ぜんちゅう》に出発《しゅっぱつ》する前日《ぜんじつ》まで、ほぼ毎日《まいにち》。

火曜《かよう》と木曜《もくよう》の夕方《ゆうがた》はスケートクラブの貸《か》し切《き》り練習《れんしゅう》。

それ以外《いがい》の日《ひ》の放課後《ほうかご》も、一般《いっぱん》のお客《きゃく》さんにまじって、できる範囲《はんい》で練習《れんしゅう》を続《つづ》けた。

プログラムの通《とお》し練習《れんしゅう》がふえる中《なか》、まだジャンプの調子《ちょうし》はよくなっていないけど、それはそれで、転《ころ》んでもできるだけ早《はや》く曲《きょく》に追《お》いついて残《のこ》りのエレメンツ*をこなしていく練習《れんしゅう》になる。

ほんとうは練習《れんしゅう》ではノーミスの演技《えんぎ》があたりまえになって、本番《ほんばん》で緊張《きんちょう》したり体調《たいちょう》が悪《わる》くなったりしても「いつもできてるんだからだいじょうぶ。」という気持《きも》ちになれるのがいちばんいいんだけれど。

＊エレメンツ＝ジャンプ、スピン、ステップなど、技《わざ》の要素《ようそ》のこと。

今《いま》の不調《ふちょう》がすぐに直《なお》るかどうかわからないんだから、「失敗《しっぱい》したときにどうしたらいいのか。」の練習《れんしゅう》をしておくほうがいいのだ。

「かすみちゃん、もうこの際《さい》だから、ショートのコンボは少《すこ》しとびやすいジャンプにしたほうがいいんじゃないかな。」

ショートプログラムの最初《さいしょ》にとぶ予定《よてい》にしていたトリプルフリップ+トリプルトウループのコンビネーションジャンプで何度《なんど》も転倒《てんとう》していたら、見《み》かねた寺島先生《てらしませんせい》が提案《ていあん》してくれた。

「もしもコンボの最初《さいしょ》のジャンプで転倒《てんとう》して、ふたつ目《め》のジャンプがつけられなかったら、ものすごく得点《とくてん》がへってしまう。ジュニアの今季《こんき》のルールはステップからの単独《たんどく》ジャンプはループにしなくちゃならないから、そこをコンボにしてリカバリーすることができないからね。」

先生《せんせい》のいうとおり、ジュニアのショートではシニアとちがって、コンビネーションジャンプを予定《よてい》していたところでミスしてしまった場合《ばあい》、あとのジャンプでそのぶんの得点《とくてん》を取《と》りかえすことができないんだ。

フリーだったらシニアと同《おな》じように、ちがうジャンプで挽回《ばんかい》することもできるんだけどね。

「今《いま》のまま調子《ちょうし》がもどらなかったとしても、トリプルフリップにダブルトウループをつけるコンボなら、きっとだいじょうぶだよ。三回転《かいてん》+三回転《かいてん》やトリプルアクセルへの挑戦《ちょうせん》は、ショートをきちんとまとめてフリーに進《すす》めた時点《じてん》で、やるかどうか考《かんが》えましょ。」

「はい。」

先生《せんせい》の提案《ていあん》にうなずいて、新《あら》たにショートで使《つか》うことになった三回転《かいてん》+二回転《かいてん》のコンビネーションを練習《れんしゅう》しはじめた。

ダブルトウループならここ最近失敗《さいきんしっぱい》したことがないジャンプだし、トリプルフリップをとぶときに、次《つぎ》のジャンプのことをあまり気《き》にしなくてもすむ。

このコンビネーションなら今《いま》の調子《ちょうし》でもなんとかとべるだろう。

それはいいことなんだけど、今《いま》までずっと「きのうの自分《じぶん》より少《すこ》しでも進歩《しんぽ》できるように。」と思《おも》ってそれを目標《もくひょう》にしていたから、ちょっともやもやしてしまう。

でも寺島先生《てらしませんせい》のいうように、まずは予選《よせん》のショートプログラムを勝《か》ちぬかないと、次《つぎ》の挑戦《ちょうせん》につながらないんだから、慎重《しんちょう》になることも大事《だいじ》だ。

ズッダァ〜ン！　という大《おお》きな音《おと》がしてすぐに、木谷先生《きたにせんせい》の声《こえ》がひびきわたった。

「塁《るい》！　いいかげんにしておかないと、ケガするぞ！」

このところ毎日《まいにち》聞《き》こえてくる大《おお》きな音《おと》は、塁《るい》くんがトリプルアクセルに挑戦《ちょうせん》して派手《はで》に転倒《てんとう》している音《おと》だ。

「全中《ぜんちゅう》のショートは、ダブルアクセルでいくと何度《なんど》もいってるだろ！　トリプルアクセルぬきでも、全中《ぜんちゅう》に出《で》る選手《せんしゅ》の中《なか》じゃおまえの実力《じつりょく》はトップレベルなんだからな。」

塁《るい》くんは、全日本《ぜんにほん》ノービスでは二位《にい》だったけど、全日本《ぜんにほん》ジュニアでは高校生《こうこうせい》や大学生《だいがくせい》にまじって六位《ろくい》になった。ノービスからの推薦出場《すいせんしゅつじょう》の中《なか》では、いちばんの好成績《こうせいせき》だ。

ノービスA《エー》でほんのわずかの差《さ》で塁《るい》くんを上回《うわまわ》った信原《のぶはら》くんは小学六年生《しょうがくねんせい》だから、全中《ぜんちゅう》に出《で》る選手《せんしゅ》の中《なか》では、テクニカルスコア（技術点《ぎじゅつてん》）では塁《るい》くんがたぶん一番《いちばん》のはず。

トリプルアクセルをダブルアクセルに変《か》えたぐらいで、追《お》いつかれるような差《さ》じゃないはずなのに。

転倒《てんとう》からおきあがっても、塁《るい》くんはまだハァハァと呼吸《こきゅう》を乱《みだ》している。

両手《りょうて》を膝《ひざ》に置《お》いて前《まえ》かがみになって、しばらく息《いき》を整《ととの》えてから、塁《るい》くんは勢《いきお》いよく顔《かお》を上《あ》げた。

「そんなの……ノービスA《エー》でおれ以外《いがい》にトリプルアクセル成功《せいこう》したやつがいないのって、もう何《なん》か月《げつ》も前《まえ》の話《はなし》じゃん。たまたまおれらの世代《せだい》にすげえジャンパーがいないだけで、瀬賀冬樹世代《せがふゆきせだい》はみんな、中学時代《ちゅうがくじだい》からトリプルアクセルも四回転《かいてん》もバンバンとんでたんだろ？　おれら世代《せだい》にもだれか急成長《きゅうせいちょう》してるやつだっているかもしれないのに、全力出《ぜんりょくだ》さないなんてイヤだよ！」

「塁《るい》、ちょっと落《お》ち着《つ》け。いいたいことはわかったから、大声《おおごえ》を出《だ》すな。」

「だったらさー、全中《ぜんちゅう》でトリプルアクセルとんでもいい？」

「それはダメだっつーの！」

息《いき》をつめるようにふたりのやりとりを見守《みまも》っていたのに、木谷先生《きたにせんせい》が突然《とつぜん》いつものような軽《かる》いノリにもどったので、見《み》ていたみんなずっこけそうになった。

塁《るい》くんもなかなかジャンプの調子《ちょうし》がもどらないみたいだけど、全中《ぜんちゅう》ではトリプルアクセル、結局《けっきょく》とぶのかな？　とばないのかな？

ショートプログラムだけでも安全策《あんぜんさく》でダブルにしたとして、それが「全力《ぜんりょく》を出《だ》さない」ことになるとは、わたしは思《おも》わないんだけどなぁ。

全中《ぜんちゅう》に出発《しゅっぱつ》する日《ひ》が目前《もくぜん》に迫《せま》ったころ、桜ヶ丘《さくらがおか》スケートクラブでいちばん調子《ちょうし》がいいのは美桜《みお》ちゃんだった。

全日本《ぜんにほん》ノービスのときは不調《ふちょう》で表彰台《ひょうしょうだい》を逃《のが》してしまったけど、そのあとは練習時間《れんしゅうじかん》をふやせるように、ドラマやレギュラーで出《で》る仕事《しごと》は断《ことわ》って、ときどきバラエティー番組《ばんぐみ》に出《で》るだけにしてるんだって。

モデルや子役《こやく》も好《す》きだけど、今年《ことし》の七月《がつ》から正式《せいしき》にジュニアに上《あ》がるまでには、スケートだけに集中《しゅうちゅう》できるように、だんだん仕事《しごと》をへらしていくつもりだとも聞《き》いた。

もともとがんばり屋《や》の美桜《みお》ちゃんは、時間《じかん》がなくても工夫《くふう》して少《すこ》しでも練習《れんしゅう》できるようにがんばっていた。

そんな美桜《みお》ちゃんが、わたしたちと同《おな》じくらい練習時間《れんしゅうじかん》が取《と》れるようになったんだから、もう無敵《むてき》なんじゃないかと思《おも》う。

リンクに美桜《みお》ちゃんのフリーの曲《きょく》が流《なが》れると、ゆったりとしたスピードで片手《かたて》をあげながらすべりはじめる。

あげた右手《みぎて》には、開《ひら》いた傘《かさ》をにぎっているつもり。

最初《さいしょ》のジャンプは単独《たんどく》のトリプルフリップ——手《て》をあげたままとぶ通称《つうしょう》タノジャンプだ。

傘《かさ》をパラシュート代《が》わりにして、空《そら》からフワリフワリと舞《ま》いおりてきたのは、ミュージカル映画《えいが》の主人公《しゅじんこう》、メリー・ポピンズだ。

映画《えいが》の内容《ないよう》をかんたんにいうと、子《こ》どもの世話《せわ》をするナニーという職業《しょくぎょう》のメリー・ポピンズと、彼女《かのじょ》が世話《せわ》をしているバンクス家《け》の子《こ》どもたちが出会《であ》うふしぎな冒険《ぼうけん》と家族愛《かぞくあい》のお話《はなし》。

ふだんは地味《じみ》な服《ふく》を着《き》ているメリー・ポピンズだけど、絵《え》に描《えが》かれた世界《せかい》に入《はい》ってしまったときには白地《しろじ》に赤《あか》い飾《かざ》りのついたステキなドレスを着《き》ていて、美桜《みお》ちゃんが試合本番《しあいほんばん》に着《き》る衣装《いしょう》もそれを参考《さんこう》にしているみたい。

傘《かさ》をたたむパントマイムのあと、さっきより勢《いきお》いよく助走《じょそう》しはじめた美桜《みお》ちゃんは、最大《さいだい》の武器《ぶき》であるトリプルルッツ＋トリプルトウループの連続《れんぞく》ジャンプを軽々《かるがる》ととんでみせた。

ちょっと前《まえ》の大会《たいかい》までは、いちばん最初《さいしょ》のジャンプがむずかしいコンビネーションジャンプだった。

だけど全中《ぜんちゅう》に向《む》けてレベルアップしたフリーの演技《えんぎ》では、最初《さいしょ》ゆったりした曲《きょく》に乗《の》せて傘《かさ》を持《も》って空《そら》から舞《ま》いおりてくる設定《せってい》で、片手《かたて》をあげたままでタノジャンプをとび、間《ま》を空《あ》けずに最高難度《さいこうなんど》のコンビネーションをとぶ構成《こうせい》に変《か》わっていた。

速《はや》いテンポで楽《たの》しい曲《きょく》『スーパーカリフラジリスティックエクスピアリドーシャス』に乗《の》って踊《おど》りまくるステップシークエンスのあとには、演技《えんぎ》の後半《こうはん》になってから、トリプルルッツ＋ダブルトウループ＋ダブルトウループの三連続《れんぞく》ジャンプ！

むずかしいトリプルルッツからの三連続《れんぞく》ジャンプを、体力《たいりょく》がなくなってくる後半《こうはん》に入《い》れるなんて、シニアのトップ選手《せんしゅ》でもできる人《ひと》はなかなかいない。

美桜《みお》ちゃんの曲《きょく》かけ練習《れんしゅう》のあいだ、ほかの選手《せんしゅ》や一般客《いっぱんきゃく》もそのまま自分《じぶん》の練習《れんしゅう》を続《つづ》けているんだけど、後半《こうはん》のコンビネーションジャンプには「おお〜っ。」と歓声《かんせい》をあげてる人《ひと》もいる。

リンクサイドから「ピュ〜ピュ〜！」いってるような、フィギュアスケートの応援特有《おうえんとくゆう》のかん高《だか》い声《こえ》がした。

美桜《みお》ちゃんを追《お》っていた視線《しせん》をリンクサイドに向《む》けると、そこには意外《いがい》な人《ひと》が立《た》っていた。

「フローラちゃん！」

美桜《みお》ちゃんの曲《きょく》がちょうど終《お》わったばかりで助《たす》かったよ。

わたしが思《おも》わず声《こえ》をあげてしまったせいで、スケートクラブのほかの子《こ》たちも、いっせいにリンクサイドに注目《ちゅうもく》してしまった。

そこにいたのは、ヨーロッパの小国《しょうこく》・エルフグレーン王国《おうこく》からスケート留学《りゅうがく》で日本《にほん》に来《き》ているフローラちゃんだった。

いつもみんなフローラちゃんって名前《なまえ》だけよんでるけど、正式《せいしき》にフルネームでよぶとフローラ・エルフグレーンになる。

スケートクラブの一部《いちぶ》の人《ひと》（わたしもふくむ）以外《いがい》には秘密《ひみつ》なんだけど、フローラちゃんはエルフグレーン王国《おうこく》の本物《ほんもの》のプリンセスなんだ。

フローラちゃんのおじいさまが、エルフグレーン王国《おうこく》の現国王《げんこくおう》・グスタフ七世《せい》。

ほんの小《ちい》さいころにご両親《りょうしん》が事故《じこ》で亡《な》くなってしまったせいで、まだわたしと同《おな》い年《どし》なのに、フローラちゃんが正式《せいしき》な王位継承者《おういけいしょうしゃ》（次《つぎ》の国王《こくおう》になる人《ひと》）にあたる。

「フローラちゃん、お帰《かえ》りなさい！」

まだ練習中《れんしゅうちゅう》だったのに、あわててリンクサイドまですべりよる。

エッジケースをつけるのもそこそこに、ひさしぶりに会《あ》うフローラちゃんに駆《か》けよった。

「かすみちゃん〜、会《あ》いたかったよぉ〜！」

うえ〜ん、と泣《な》きマネしているフローラちゃんに勢《いきお》いよく抱《だ》きつかれて、あやうく転《ころ》びそうになった。

プリンセスのイメージとはちょっとちがって、フローラちゃんはわたしたちのだれよりも喜怒哀楽《きどあいらく》が激《はげ》しい。

実《じつ》は、フローラちゃんに会《あ》うのは三か月《げつ》ちょっとぶりだから、「感動《かんどう》の再会《さいかい》！」っぽくなってもしかたないとも思《おも》う。

去年秋《きょねんあき》の全日本《ぜんにほん》ノービス選手権《せんしゅけん》で、フローラちゃんはノーミスの演技《えんぎ》で一位《い》になった。

わたしは惜《お》しくも四位《い》で、ほんとうなら全日本《ぜんにほん》ジュニアには出《で》られないはずだったんだけど、フローラちゃんが出場辞退《しゅつじょうじたい》したので出《で》られることになった。

おじいさまのグスタフ国王《こくおう》が大《おお》きな手術《しゅじゅつ》をすることになったので、フローラちゃんが急《いそ》いで帰国《きこく》することになったんだ。

手術《しゅじゅつ》は無事《ぶじ》に終《お》わりだんだん回復《かいふく》に向《む》かっているという手紙《てがみ》はもらってたけど、その後《ご》も王族《おうぞく》として公式行事《こうしきぎょうじ》に参加《さんか》したりするために、おじいさまが全快《ぜんかい》するまでフローラちゃんは本国《ほんごく》に残《のこ》っていた。

「おじいさんの病気《びょうき》、なおってよかったね。」

わたしと交代《こうたい》でハグされながら、真子《まこ》ちゃんがいった。

真子《まこ》ちゃんたちには、国王《こくおう》じゃないふつうのおじいさんが入院《にゅういん》して手術《しゅじゅつ》するから、心配《しんぱい》で帰国《きこく》したというふうに話《はなし》が伝《つた》わっていた。

「もうすっかりよくなって、手術前《しゅじゅつまえ》より元気《げんき》なくらいだから、ぜんぜん心配《しんぱい》いらないの。だから〜、みんなといっしょに全中《ぜんちゅう》っていう大会《たいかい》に出《で》たくて、急《いそ》いでもどってきたんだよ。」

満面《まんめん》の笑《え》みを浮《う》かべてフローラちゃんがそういうと、ハグされていた真子《まこ》ちゃんの笑《え》みが少《すこ》し引《ひ》きつった。

えーと、フローラちゃん、今《いま》から全中《ぜんちゅう》に出《で》たいっていっても、それは無理《むり》なんじゃないかと思《おも》うよ。

ノービスA《エー》のチャンピオンだから実力的《じつりょくてき》にはだいじょうぶだけど、もうあと三日《みっか》で大会《たいかい》が始《はじ》まるのに、とびいり参加《さんか》は無理《むり》じゃないのかな。

こんなに楽《たの》しそうなのに水《みず》をさすのは気《き》が引《ひ》けるなぁ……なんて思《おも》っていたとき、美桜《みお》ちゃんがきっぱりといいきった。

「今《いま》から全中《ぜんちゅう》に出《で》るなんて、それは無理《むり》！　全中《ぜんちゅう》の出場資格《しゅつじょうしかく》に、中学校体育連盟《ちゅうがっこうたいいくれんめい》に加盟《かめい》してる学校《がっこう》の生徒《せいと》、っていうのがあるの。フローラちゃんの学校《がっこう》はインターナショナルスクールだからたぶんちがうと思《おも》う。それに、もし参加資格《さんかしかく》があったとしても、大会《たいかい》の参加《さんか》申《もう》しこみは一月十九日《がつにち》まで。とっくにしめきりすぎてるの！」

「そ、そんなぁ～!!」

頭《あたま》をかかえて絶叫《ぜっきょう》するフローラちゃんの声《こえ》が、リンクじゅうにひびきわたった。

8 ビッグハットで初練習《はつれんしゅう》

全国中学校《ぜんこくちゅうがっこう》スケート大会《たいかい》（略《りゃく》して全中《ぜんちゅう》）は二月三日《がつみっか》の土曜日《どようび》から始《はじ》まる。三日《みっか》は午前中《ごぜんちゅう》が開会式《かいかいしき》で、スピードスケートはそのあと午後《ごご》から競技《きょうぎ》が始《はじ》まるけれど、わたしたちはその日《ひ》は公式練習《こうしきれんしゅう》だけ。

フィギュアスケートの競技《きょうぎ》が始《はじ》まるのは翌日《よくじつ》からだ。

フィギュアスケート部門《ぶもん》の、男子《だんし》の参加者《さんかしゃ》は三十人弱《にんじゃく》だけど、女子《じょし》の参加者《さんかしゃ》は九十人《にん》をこえているので、ショートプログラムは二日《ふつか》がかりでおこなわれる。

男女《だんじょ》ともにフリーに進《すす》めるのは十八人《にん》だけだから、女子《じょし》なんか約《やく》五分《ぶん》の四がショートだけで終《お》わってしまうことになる。

ショートプログラムは、女子《じょし》だけA《エー》とB《ビー》に分《わ》かれていて、A《エー》が二日目《ふつかめ》の日曜日《にちようび》、B《ビー》と男子《だんし》ショートが三日目《みっかめ》の月曜日《げつようび》におこなわれる。

ショート上位《じょうい》の男女《だんじょ》十八名《めい》ずつでおこなわれるフリーの演技《えんぎ》は、最終日《さいしゅうび》の火曜日《かようび》。

クラスメートの山下《やました》さんと島崎《しまざき》さんや、やっとスケートクラブに復帰《ふっき》したフローラちゃんも、「長野《ながの》まで応援《おうえん》に行《い》きたい。」っていってくれてたんだけど、競技《きょうぎ》のある日《ひ》で学校《がっこう》が休《やす》みなのは四日《よっか》の日曜《にちよう》しかない。

フローラちゃんは「また全中《ぜんちゅう》と長野《ながの》についてたくさん調《しら》べてみんなの前《まえ》で発表《はっぴょう》すれば休《やす》んでもオッケーなはずだよ。」なんていってたけど、自分《じぶん》が出《で》る試合《しあい》じゃないんだから、それはむずかしいんじゃないかな。

フローラちゃんの教育係《きょういくがかり》としてずっと付《つ》きそっている北園《きたぞの》さんも、学校《がっこう》を優先《ゆうせん》させたいようで、大会観戦《たいかいかんせん》は日曜日《にちようび》だけということになったらしい。

ちょうどわたしと美桜《みお》ちゃんは、日曜《にちよう》にすべる女子《じょし》A《エー》組《ぐみ》になったので、山下《やました》さんたちも日帰《ひがえ》りで見《み》にきてくれることになった。

フローラちゃんにその話《はなし》をしたら、すぐに北園《きたぞの》さんがインターネットで山下《やました》さんたちのぶんまで北陸新幹線《ほくりくしんかんせん》の切符《きっぷ》を取《と》ってくれたので、日曜《にちよう》は四人《にん》でいっしょに応援《おうえん》してくれるらしい。

開会式《かいかいしき》は土曜日《どようび》だけど、希望者《きぼうしゃ》はその前日《ぜんじつ》の金曜夕方《きんようゆうがた》に、試合《しあい》に使《つか》うスケートリンクを有料《ゆうりょう》で借《か》りて練習《れんしゅう》することができた。

わたしのぶんの貸《か》し切《き》り料金《りょうきん》も大会参加費《たいかいさんかひ》といっしょに夏野《なつの》さんが出《だ》してくださっていたので、金曜《きんよう》は給食前《きゅうしょくまえ》に学校《がっこう》を早退《そうたい》して長野《ながの》に向《む》かった。

有料練習《ゆうりょうれんしゅう》では男女《だんじょ》の区別《くべつ》なく九人《にん》でグループが組《く》まれているらしいので、真子《まこ》ちゃん美《み》桜《お》ちゃんはもちろん、塁《るい》くんもいっしょだった。

午後《ごご》四時《じ》すぎに長野駅《ながのえき》に着《つ》いて、そこからタクシーに乗《の》って会場《かいじょう》のビッグハットに向《む》かう。

ビッグハットは、まるで大《おお》きな帽子《ぼうし》のような屋根《やね》だから、そういう名前《なまえ》がつけられたんだって。

でも、タクシーから降《お》りたのがビッグハットのすぐそばだったので、建物全体《たてものぜんたい》が見《み》えなくて屋根《やね》の形《かたち》もわからなかった。

いい忘《わす》れてたけど、「桜《さくら》ヶ《が》丘中学校《おかちゅうがっこう》」全体《ぜんたい》としては高木先生《たかぎせんせい》が引率《いんそつ》してくれているけど、いつもと同《おな》じくママたちも付《つ》きそってくれている。

桜ケ丘駅《さくらがおかえき》からいっしょに来《き》たメンバーの中《なか》で、真子《まこ》ちゃんのお母《かあ》さんと真子《まこ》ちゃんと塁《るい》くんが同《おな》じタクシー、わたしとママと美桜《みお》ちゃんのお母《かあ》さんと美桜《みお》ちゃんが同《おな》じタクシーに分《わ》かれて乗《の》っていた。

それともう一台《だい》、高木先生《たかぎせんせい》と寺島先生《てらしませんせい》と木谷先生《きたにせんせい》の三人《にん》が乗《の》ったタクシーがいちばん先《さき》に会場入《かいじょうい》り口《ぐち》に到着《とうちゃく》していた。

桜ケ丘《さくらがおか》スケートクラブからは毎年《まいとし》のようにだれかが全中《ぜんちゅう》に出《で》ているので、寺島先生《てらしませんせい》たちは慣《な》れた様子《ようす》で関係者入《かんけいしゃい》り口《ぐち》に入《はい》っていく。

受付《うけつけ》の人《ひと》にみんなで「よろしくお願《ねが》いします。」とあいさつしてから、ひとりずつ学校《がっこう》名《めい》と名前《なまえ》をいうと、ＩＤ《アイディー》カードと大会《たいかい》プログラムを渡《わた》してくれた。

ママたちは受付《うけつけ》から中《なか》の関係者《かんけいしゃ》エリアには入《はい》れないので、スケート用具以外《ようぐいがい》の荷物《にもつ》を持《も》って観客席《かんきゃくせき》のはしから見学《けんがく》するみたい。

高木先生《たかぎせんせい》は着《つ》いてすぐの午後《ごご》五時《じ》から「代表者会議《だいひょうしゃかいぎ》」に出《で》るために会議室《かいぎしつ》に向《む》かった。

各学校《かくがっこう》の代表者《だいひょうしゃ》のミーティングということで、参加《さんか》するのは監督《かんとく》の高木先生《たかぎせんせい》だけでいいらしく、寺島先生《てらしませんせい》たちはいつものようにリンクサイドで練習《れんしゅう》を見《み》てくれる。

女子《じょし》の更衣室《こういしつ》で着替《きが》えてリンクサイドに出《で》ていくと、前《まえ》のグループが練習《れんしゅう》しているのを見学《けんがく》している人《ひと》たちがいた。

わたしたちの足音《あしおと》で振《ふ》りむいたのは、何度《なんど》も会《あ》ったことがあるおなじみの顔《かお》だった。

「かすみちゃん！　真子《まこ》ちゃんに美桜《みお》ちゃんも！　ひさしぶり〜、元気《げんき》しとったかぁ。」

聞《き》きなれた真白《ましろ》ちゃんの大阪弁《おおさかべん》よりもっとアクセントのきつい、コテコテの大阪弁《おおさかべん》。

真白《ましろ》ちゃんと同《おな》じくかわいい見《み》た目《め》とのギャップが激《はげ》しいこの人《ひと》は、浪花《なにわ》スケートクラブの中嶋亜子《なかじまあこ》ちゃん。

二歳年上《さいとしうえ》の中学《ちゅうがく》三年《ねん》だけど、わたしたちより背《せ》が低《ひく》いせいもあって年齢《ねんれい》よりも子《こ》どもっぽく見《み》える。

全日本《ぜんにほん》ジュニアでは惜《お》しくも二位《い》だったけれど、ショートプログラムで大《おお》きな失敗《しっぱい》をしていなければ亜子《あこ》ちゃんが勝《か》っていたかもしれないくらい、一位《い》と二位《い》の実力《じつりょく》には差《さ》がなかった。

ジュニア一位《い》の葉月陽菜《はづきはるな》さんもこの大会《たいかい》に出《で》ているので、優勝候補《ゆうしょうこうほ》の筆頭《ひっとう》はこのふたりだ。

でも、あれから二か月《げつ》ちょっとたって、わたしたちだって成長《せいちょう》しているし、ふたりだけの優勝争《ゆうしょうあらそ》いにはさせたくないなって思《おも》う。

「こんにちは。亜子《あこ》ちゃん、おひさしぶりです。」

ペコリと頭《あたま》を下《さ》げると、となりにいた真子《まこ》ちゃんが、うれしそうにいった。

「亜子《あこ》ちゃんたちも、あたしたちと同《おな》じ時間《じかん》だったんですね。」

サバサバした性格《せいかく》でボーイッシュなところとか、豪快《ごうかい》なジャンプをとぶところとか、いろんな面《めん》で真子《まこ》ちゃんは亜子《あこ》ちゃんにあこがれているみたい。

全日本《ぜんにほん》ジュニアのときに、真子《まこ》ちゃんが亜子《あこ》ちゃんのファンだったとわかって以来《いらい》、ふたりはSNS《エスエヌエス》で連絡《れんらく》を取《と》り合《あ》っているんだって。

なんとなく雰囲気《ふんいき》が似《に》てるし名前《なまえ》まで似《に》ていたから、亜子《あこ》ちゃんに「ほんまの妹《いもうと》みたいやわ〜。」といわれたって真子《まこ》ちゃん喜《よろこ》んでた。

でも今《いま》は、真子《まこ》ちゃんの言葉《ことば》に、亜子《あこ》ちゃんはきょとんと目《め》を見開《みひら》いている。

「え〜、いっしょやて知《し》らんかったん？　うちら前《まえ》からわかってて、今日会《きょうあ》うの楽《たの》しみにしてたのに、なあ。」

なあ、とよびかけた先《さき》には、同《おな》じ浪花《なにわ》スケートクラブで亜子《あこ》ちゃんと同《おな》い年《どし》の小池和真《こいけかずま》くんがいた。

和真《かずま》くんはほとんど表情《ひょうじょう》を変《か》えないまま、真子《まこ》ちゃんの目《め》の前《まえ》になにかが印刷《いんさつ》された紙《かみ》をさしだした。

「二月二日《がつふつか》（金《きん》）有料予約練習一覧《ゆうりょうよやくれんしゅういちらん》……。こんな表《ひょう》あったんだ！」

三十分《ぷん》の練習時間《れんしゅうじかん》ごとの選手名《せんしゅめい》を表《ひょう》にまとめてあって、その下《した》には数行《すうぎょう》、連絡事項《れんらくじこう》が書《か》きそえてある。

「この表《ひょう》って全中《ぜんちゅう》のサイトにあるんやってよ。市原先生《いちはらせんせい》が印刷《いんさつ》してうちらに配《くば》ってくれてんけど。あんたら、もろてないん？」

真子《まこ》ちゃんや美桜《みお》ちゃんと顔《かお》を見合《みあ》わせて首《くび》を横《よこ》に振《ふ》っていたとき、更衣室《こういしつ》のほうから塁《るい》くんが走《はし》ってきた。

「ごめんごめん、これ渡《わた》すのうっかり忘《わす》れてた。」

そういって、わたしたちに手渡《てわた》したのは、たった今見《いまみ》たばかりの練習一覧表《れんしゅういちらんひょう》だった。

「ちょっとぉ、会場《かいじょう》に着《つ》いてから渡《わた》されても遅《おそ》いわよ。こういうのは、事前《じぜん》に渡《わた》しといてもらわないと意味《いみ》ないでしょ。」

真子《まこ》ちゃんに叱《しか》られて、塁《るい》くんはしょぼんとして肩《かた》をすくめている。

数日前《すうじつまえ》、塁《るい》くんだけ居残《いのこ》り練習《れんしゅう》をした帰《かえ》りぎわに、木谷先生《きたにせんせい》から「これみんなに渡《わた》しておいて。」と預《あず》かったのを、すっかり忘《わす》れていたらしい。

いつもなら真子《まこ》ちゃんといっしょに帰《かえ》るのに、その日《ひ》は、プログラムの構成《こうせい》を変《か》えたところを練習《れんしゅう》するために少《すこ》しだけ個人的《こじんてき》な貸《か》し切《き》り練習《れんしゅう》になって、遅《おそ》くなるので真子《まこ》ちゃんは先《さき》に帰《かえ》り、塁《るい》くんのお父《とう》さんが迎《むか》えにきてくれたんだそうだ。

寺島先生《てらしませんせい》から今日《きょう》の練習時間《れんしゅうじかん》は聞《き》いていたし、みんな同《おな》じ新幹線《しんかんせん》に乗《の》ってきたから、特《とく》に時間《じかん》をまちがえたりすることはなかったんだけど。

なにかのアクシデントで、それぞれ別行動《べつこうどう》になったりしたときに、プリントがあったほうが不安《ふあん》にならずにすむよね。

「まぁ、だれでもうっかりするときはあるからね。」

真《ま》っ先《さき》に怒《おこ》りそうな美桜《みお》ちゃんが、めずらしくやさしいな……と思《おも》ってたら、やさしい口調《くちょう》のまま つけくわえた。

「うっかり度《ど》が最強《さいきょう》レベルの塁《るい》くんにまかせた木谷先生《きたにせんせい》が悪《わる》いんだから、塁《るい》くんは気《き》にすることないよ。」

「なんだよ、逆《ぎゃく》にバカにしてんじゃん。ムカつくなぁ。」

やっぱりやさしいだけでは終《お》わらない、ちょっと毒舌《どくぜつ》な美桜《みお》ちゃんだけど、いいかえしたことで塁《るい》くんの表情《ひょうじょう》が少《すこ》し明《あか》るくなったように見《み》えた。


わたしたちの練習時間《れんしゅうじかん》は五時《じ》十五分《ふん》から四十五分《ふん》まで。

わたしたち四人《にん》と亜子《あこ》ちゃんたちふたりのほかに、福岡《ふくおか》の子《こ》が男女《だんじょ》ひとりずつと岡山《おかやま》の男子《だんし》がひとりの合計《ごうけい》九人《にん》。

しかも、福岡《ふくおか》から来《き》た女子《じょし》というのが、去年夏《きょねんなつ》の野辺山合宿《のべやまがっしゅく》で同部屋《どうべや》だった水田千尋《みずたちひろ》ちゃんだったので、前《まえ》のグループと交代《こうたい》する直前《ちょくぜん》まで、またリンクサイドで話《はなし》が盛《も》り上《あ》がってしまった。

男子《だんし》は男子《だんし》でもともと選手《せんしゅ》の人数《にんずう》が少《すく》ないこともあり、福岡《ふくおか》の牧島《まきしま》くん（全日本《ぜんにほん》ジュニアに出《で》ていた牧島《まきしま》くんの弟《おとうと》さんなんだって）も岡山《おかやま》の佐々木《ささき》くんも、全員顔見知《ぜんいんかおみし》りらしい。

というわけで、気心《きごころ》の知《し》れた人《ひと》ばかりの練習《れんしゅう》グループで、だいぶ気《き》が楽《らく》になった。

この練習時間《れんしゅうじかん》では音響設備《おんきょうせつび》は使《つか》えないので、曲《きょく》をかけての通《とお》し練習《れんしゅう》はできない。

九人《にん》と人数《にんずう》も多《おお》めなので、ジャンプの助走《じょそう》もあまり長《なが》くは取《と》れないし、みんな軽《かる》く調子《ちょうし》を整《とと》える程度《ていど》の練習《れんしゅう》にしておくようだった。

その中《なか》で、塁《るい》くんだけは最初《さいしょ》からトリプルアクセルやトリプルルッツなど、むずかしいジャンプに挑戦《ちょうせん》しては、ほとんど転倒《てんとう》している。

「あせるな塁《るい》、とび急《いそ》いでるぞ。」

木谷先生《きたにせんせい》の大声《おおごえ》に、フェンスぎわに倒《たお》れた塁《るい》くんが、片手《かたて》でドンと氷《こおり》をたたくようにしてから立《た》ち上《あ》がった。

ジャンプするとき、ふみきって空中《くうちゅう》にとびあがりながら回転《かいてん》しはじめるのがふつうなんだけど、今日《きょう》の塁《るい》くんは、ふみきりのところから、もう回《まわ》りはじめようとしているみたいに見《み》える。

そういうのを「とび急《いそ》ぐ」というんだけど、それじゃダメだっていわれても、気持《きも》ちがあせっているとどうしてもそうなってしまうんだ。

今日《きょう》だけじゃなく、ここ数日《すうじつ》ずっと塁《るい》くんはまともにジャンプがとべていない。

わたしも一昨年《おととし》の秋《あき》ごろに、なにが原因《げんいん》かわからないのにジャンプがぜんぜんとべなくなったことがあった。

そのとき、ママの友《とも》だちで学生時代《がくせいじだい》にソフトボール選手《せんしゅ》だった祐子《ゆうこ》さんに、「イップス」の話《はなし》を聞《き》いた。

ほんとうはできるはずのことが、ケガしているわけでもないのに、突然《とつぜん》できなくなってしまうことをイップスっていうんだって。

イップスは、精神的《せいしんてき》なプレッシャーが原因《げんいん》で、筋肉《きんにく》が硬《かた》くなって思《おも》うように動《うご》かなくなってしまうということらしい。

わたしがとべなくなった原因《げんいん》がほんとうにイップスだったのかどうかはわからないけど、技術的《ぎじゅってき》なことじゃなくて、精神的《せいしんてき》なことが原因《げんいん》だったことはたしかだ。

スケートを教《おし》えてくれた大好《だいす》きなパパが亡《な》くなってしまったり、瀬賀《せが》くんと真白《ましろ》ちゃんがつきあってるのかなって勝手《かって》に思《おも》いこんだり、いろいろあって、とにかく自分《じぶん》に自信《じしん》が持《も》てなくなっていた。

そんなときに祐子《ゆうこ》さんに話《はなし》を聞《き》いてもらったことで、パパがよくいってくれていた、

『だいじょうぶ。きっとできる。自分《じぶん》を信《しん》じて！』

という魔法《まほう》の言葉《ことば》を思《おも》いだして、またジャンプがとべるようになった。

もしかしたら、塁《るい》くんにもなにか精神的《せいしんてき》なプレッシャーがあるのかな。

いつも元気《げんき》で脳天気《のうてんき》なキャラの塁《るい》くんも、プレッシャーを感《かん》じたりするんだろうか。

いったいどんなことが……と考《かんが》えそうになって、あわててブルブルと頭《あたま》を振《ふ》った。

今《いま》は貴重《きちょう》な練習時間《れんしゅうじかん》。わたしだってあまり調子《ちょうし》がいいとはいえないんだから、ちゃんとみっちり練習《れんしゅう》しなきゃ。

ほかの子《こ》とぶつからないように気《き》をつけながら、ショートプログラムで使《つか》うトリプルフリップ＋ダブルトウループの助走《じょそう》に入《はい》る。

フリップが少《すこ》しだけ回転不足《かいてんぶそく》ぎみだったことで、トウループジャンプのふみきりが中途《ちゅうと》

はんぱになり、ダブルなのに転倒《てんとう》してしまった。

フリップは苦手《にがて》というわけじゃないんだけど、着氷後《ちゃくひょうご》にもうひとつジャンプをとぶと思《おも》うと、やっぱり身《み》がまえてしまうのかもしれない。

慎重《しんちょう》になりすぎてもいけないし、あせってもダメだし、ジャンプってほんとうにむずかしい。

回転不足《かいてんぶそく》について寺島先生《てらしませんせい》のアドバイスを聞《き》いてから、フェンスを離《はな》れてまた助走《じょそう》に入《はい》ろうとしたとき、客席《きゃくせき》にいるママたちのほうからひかえめな歓声《かんせい》があがった。

みんなの視線《しせん》の先《さき》に、両手《りょうて》をひろげ左足《ひだりあし》を後《うし》ろにのばした姿勢《しせい》で、すーっと流《なが》れていく美《うつく》しい着氷姿勢《ちゃくひょうしせい》をした亜子《あこ》ちゃんがいた。

亜子《あこ》ちゃんの満足《まんぞく》げな表情《ひょうじょう》から見《み》て、トリプルアクセルが成功《せいこう》したのかな。

対抗意識《たいこういしき》を燃《も》やしたのか、和真《かずま》くんと牧島《まきしま》くんが、たてつづけにトリプルアクセルに挑《ちょう》戦《せん》した。

どちらも惜《お》しくも転倒《てんとう》してしまったけど、回転《かいてん》は足《た》りていた気《き》がする。

別《べつ》の方向《ほうこう》では、美桜《みお》ちゃんがルッツのふみきり（エッジを外側《そとがわ》に倒《たお》すふみきり方《かた》）で高《たか》くとびあがるのが見《み》えた。

すごいな、みんなどんどんむずかしい技《わざ》に挑戦《ちょうせん》している。

できてたはずのことができなくなって、レベルを下《さ》げて成功《せいこう》させるつもりだったことまで失敗《しっぱい》している自分《じぶん》が情《なさ》けなくなる。

塁《るい》くんも、できてたはずのことができなくて、失敗《しっぱい》ばかりしているけど、それでも挑《いど》むことだけはやめていない。

ぐっと歯《は》をくいしばってから、あまり人《ひと》のいないほうに向《む》かってすべりだす。

スピードに乗《の》ったバックスケーティングから、すべっていく方向《ほうこう》に向《む》き直《なお》り、左足《ひだりあし》で氷《こおり》をふみきって前向《まえむ》きにとびあがる。

ひさしぶりに、自分《じぶん》がつむじ風《かぜ》になったような気分《きぶん》になれて、やっぱりわたし、ジャンプが好《す》きなんだな、って思《おも》う。

三回転半《かいてんはん》は回《まわ》れてた気《き》がするんだけど、とびあがる方向《ほうこう》がななめにズレていたのか、着《ちゃく》氷《ひょう》のときのエッジが倒《たお》れすぎていた。

バッタァーン、と音《おと》がして、かなり派手《はで》に転《ころ》んでしまい、かなりいたいのになぜかサッパリした気分《きぶん》になっていた。

おきあがるとそのままフェンスの向《む》こうにいる寺島先生《てらしませんせい》のほうにすべっていった。

眉間《みけん》にシワをよせたこわい顔《かお》でこっちを見《み》ていた先生《せんせい》は、フェンスに着《つ》いたわたしの顔《かお》を見《み》て、フッと笑《え》みを浮《う》かべた。

笑《わら》ってくれた、ということは、わたしのやりたいことをわかってくれてるのかな。

「あの……ジャンプの構成《こうせい》を、変《か》えてもいいですか？」

「やっぱり、そうきたか。まあ、全中《ぜんちゅう》はなにかの予選《よせん》じゃないから、ここで失敗《しっぱい》したら次《つぎ》の大会《たいかい》に進《すす》めないってわけじゃないしね。自分《じぶん》ができると思《おも》うなら、挑戦《ちょうせん》してみればいいよ。ただし、ケガだけは気《き》をつけてね。」

「はいっ！」

胸《むね》の奥《おく》がなんだか少《すこ》しもやもやしていたのが、急《きゅう》にスッキリして、思《おも》いっきり深呼吸《しんこきゅう》したい気分《きぶん》になった。

よしっ、と気持《きも》ちも新《あら》たにすべりだしたわたしは、結局《けっきょく》、残《のこ》りの練習時間《れんしゅうじかん》のほとんどを使《つか》って、トリプルアクセルとトリプルフリップを転倒《てんとう》しまくっていた。

9 いよいよ開会式《かいかいしき》

土曜《どよう》の午前中《ごぜんちゅう》はいよいよ全中《ぜんちゅう》の開会式《かいかいしき》。

会場《かいじょう》は、スピードスケートの競技《きょうぎ》がおこなわれるエムウエーブ。

フィギュアスケートの会場《かいじょう》より、もっとずっと広《ひろ》くて、高《たか》い天井《てんじょう》の真《ま》ん中《なか》がしなっているように見《み》えるのが、ちょっとM《エム》の字《じ》に似《に》てるから「エムウエーブ」っていうんだって。

地元《じもと》の中学生《ちゅうがくせい》が持《も》つ都道府県《とどうふけん》ごとのプラカードに先導《せんどう》され、やはり地元《じもと》の中学生《ちゅうがくせい》で編成《へんせい》された吹奏楽団《すいそうがくだん》の演奏《えんそう》に乗《の》って、入場行進《にゅうじょうこうしん》が始《はじ》まった。

といっても、じっさいに行進《こうしん》するのは各都道府県《かくとどうふけん》の選手《せんしゅ》の代表者《だいひょうしゃ》と旗手《きしゅ》のふたりだけ。あとの選手《せんしゅ》たちは会場北側《かいじょうきたがわ》二階《かい》の選手席《せんしゅせき》に着席《ちゃくせき》して参加《さんか》する。

開会式《かいかいしき》はスピードスケートの人《ひと》たちもいっしょなので、全員《ぜんいん》そろうと五百人《にん》をこえる大《おお》人数《にんずう》だ。選手席《せんしゅせき》の半分近《はんぶんちか》くが男子《だんし》という光景《こうけい》も、フィギュアだけではありえないことだ。

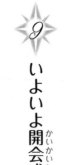

ちなみにフィギュアスケートの参加選手《さんかせんしゅ》は男子《だんし》より女子《じょし》のほうが六十人以上《にんいじょう》多《おお》いのに対《たい》して、スピードスケートでは男子《だんし》のほうが二十人以上《にんいじょう》も多《おお》いんだって。

吹奏楽団《すいそうがくだん》が演奏《えんそう》しているのは、マーチのリズムだけどポップな感《かん》じの曲《きょく》。

どこかで聞《き》いたことあるような……と思《おも》いながら聞《き》いていると、前《まえ》の席《せき》にすわっていた美桜《みお》ちゃんが小《ちい》さく口《くち》ずさんでいるのが聞《き》こえてきた。

「オブラディ・オブラダ、パパパ〜パ〜、パ〜パパパパパ〜パ〜。」

そうそう、この曲《きょく》『オブラディ・オブラダ』だった。去年《きょねん》、小学校《しょうがっこう》の音楽会《おんがくかい》で六年生全員《ねんせいぜんいん》で合奏《がっそう》したからおぼえてる。

合奏《がっそう》だったから歌《うた》は習《なら》ってなかったのに、美桜《みお》ちゃんよく歌詞《かし》まで知《し》ってるよね。って一瞬《いっしゅん》思《おも》ったんだけど、よく聞《き》いてみたら「オブラディ・オブラダ、パパパ〜パ〜。」以外《いがい》のところは、ずっと「フ〜フフフ、フフフフ、フフ〜フ〜。」とハミングしてるだけだった。

行進《こうしん》を終《お》えて選手《せんしゅ》たちがならんでいく広《ひろ》いフロアのまわりを取《と》りかこんでいるのは、スピードスケート用《よう》の大《おお》きなコース。

氷《こおり》でできているけど、形《かたち》は学校《がっこう》でリレーのときに使《つか》うトラックに似《に》ている。トラックをマーチの演奏《えんそう》に合《あ》わせて行進《こうしん》していく様子《ようす》は、規模《きぼ》はぜんぜんちがうけど中《ちゅう》学校《がっこう》の運動会《うんどうかい》みたいだよね。

運動会《うんどうかい》の朝《あさ》に、グラウンドの上《うえ》にひろがっていた晴《は》れた空《そら》は見《み》えない代《か》わりに、高《たか》い天《てん》井《じょう》から明《あか》るい照明《しょうめい》の光《ひかり》がキラキラとふってくる。

フィギュアスケートの大会《たいかい》には今《いま》までたくさん出場《しゅつじょう》してきたけど、こういう形式《けいしき》の開会《かいかい》式《しき》のある大会《たいかい》ははじめてで、なんだか楽《たの》しい！

吹奏楽《すいそうがく》やプラカードだけでなく、司会《しかい》や歓迎《かんげい》の言葉《ことば》やいろいろな運営《うんえい》スタッフにも、地《じ》元《もと》の中学生《ちゅうがくせい》の人《ひと》たちがたくさん関《かか》わってくれていた。

そういえば、会場《かいじょう》の外《そと》や中《なか》に飾《かざ》られていた、たくさんの手描《てが》きの応援旗《おうえんき》も、みんなわたしたちと同《おな》じ中学生《ちゅうがくせい》が手作《てづく》りしてくれたんだよね。

やっぱりほかの大会《たいかい》とは少《すこ》しちがう「中学生《ちゅうがくせい》だけの大会《たいかい》」なんだということを感《かん》じて、緊張感《きんちょうかん》よりも楽《たの》しみな気持《きも》ちが上回《うわまわ》ってきた。

大会《たいかい》を楽《たの》しむ気持《きも》ちと同時《どうじ》に、思《おも》いだすと吐《は》きそうになるほど緊張《きんちょう》することもあった。

きのうの代表者会議《だいひょうしゃかいぎ》のあと滑走順抽選会《かっそうじゅんちゅうせんかい》があって、高木先生《たかぎせんせい》が引《ひ》きあてたわたしの滑走《かっそう》順《じゅん》は、なんとA組《エーぐみ》の一番《ばん》だったんだ！

九十人《にん》もすべるうちのトップバッターなんて、考《かんが》えただけでめまいがしそう。

一番滑走《ばんかっそう》だと聞《き》いて青《あお》くなっていたら、亜子《あこ》ちゃんに思《おも》いっきり背中《せなか》をたたかれた。

「なに弱気《よわき》になっとんねん！　しょっぱなにむっちゃ高得点出《こうとくてんだ》して、でっかい漬物石《つけものいし》になったるで〜、ちゅうくらいの気持《きも》ちでいかなあかんで！」

漬物石《つけものいし》というのはフィギュアスケートではよく使《つか》ういいまわしで、最初《さいしょ》にすべった人《ひと》の得点《とくてん》がとびぬけて高《たか》くて、なかなかその得点《とくてん》をこえる人《ひと》が現《あらわ》れないときのこと。

いちばん上《うえ》にドーンと大《おお》きな数字《すうじ》があって、重石《おもし》になっているように見《み》えることから、そんなふうにいうらしい。

そ、そうだよね。参加選手《さんかせんしゅ》が九十人《にん》もいるんだから、しばらくはわたしが一位《い》でいられるような得点《とくてん》でなくちゃ、フリーに進《すす》めなくなってしまうよね。

弱気《よわき》にならずに「漬物石《つけものいし》」をめざさなくちゃ！

そう決心《けっしん》したとたんに、はげましてくれたはずの亜子《あこ》ちゃん自身《じしん》が、その決意《けつい》を打《う》ちくだいた。

「まぁ、A組《エーぐみ》の第《だい》三グループにはうちが出《で》るさかい、かすみちゃんの漬物石《つけものいし》も長《なが》くは続《つづ》けへんけどな。」

あっはっは、と笑《わら》う亜子《あこ》ちゃんに、だれも反論《はんろん》する気《き》にもならない。

だって思《おも》い上《あ》がりとか自信過剰《じしんかじょう》とかじゃなく、たぶんそうなるだろうということは、みんな予想《よそう》できていたから。

抽選《ちゅうせん》で決《き》まったグループ分《わ》けでは、亜子《あこ》ちゃんだけでなく葉月《はづき》さんもA《エー》の第《だい》三グループに入《はい》っていた。

なのでA《エー》の第《だい》四グループ以降《いこう》にすべる選手《せんしゅ》が一瞬《いっしゅん》でもトップに立《た》つことは、ほぼ不可能《ふかのう》だろう。

ちなみに美桜《みお》ちゃんはA《エー》の第《だい》四グループ、仙台《せんだい》に住《す》んでいる友《とも》だちの七海優羽《ななみゆう》ちゃんはわたしと同《おな》じA組《エーぐみ》の第《だい》一グループだから、親《した》しい人《ひと》たちは真子《まこ》ちゃん以外《いがい》ほとんどA組《エーぐみ》に入《はい》っている。

真子《まこ》ちゃんはB《ビー》の第《だい》七グループ、ひとりだけぽつんと離《はな》れちゃった感《かん》じだけど、ほかのみんなはすべり終《お》わってるから応援《おうえん》に行《い》けるよね。

開会式《かいかいしき》が終《お》わってからのタイムスケジュールは、今《いま》まで出《で》たことのあるフィギュアスケートの大会《たいかい》とあまり変《か》わらない。

午後《ごご》一時《じ》から夜《よる》の七時半《じはん》ごろまで、整氷時間《せいひょうじかん》以外《いがい》は休《やす》みなく公式練習《こうしきれんしゅう》が続《つづ》くので、みんなそれぞれ自分《じぶん》の出番《でばん》に合《あ》わせて、食事《しょくじ》をしたりウォーミングアップをしたりする。

公式練習《こうしきれんしゅう》でももちろん最初《さいしょ》のグループになるので、お昼《ひる》は胃《い》がもたれないように麵類《めんるい》を食《た》べてから、ママとビッグハットに向《む》かった。

関係者受付《かんけいしゃうけつけ》のところでママと別《わか》れて、キャリーバッグを引《ひ》きながら女子更衣室《じょしこういしつ》めざして歩《ある》いていたとき、後《うし》ろから声《こえ》をかけられた。

「かすみちゃん！」

「あ、優羽《ゆう》ちゃん！」

振《ふ》りかえったところに立《た》っていたのは、一昨年《おととし》の全日本《ぜんにほん》ノービスのときに仲《なか》よくなった七海優羽《ななみゆう》ちゃん。

きっちり三《み》つ編《あ》みにした髪《かみ》に大《おお》きめのメガネ、大《おお》きめのジャージを着《き》て片手《かたて》に練習《れんしゅう》ノートをかかえた姿《すがた》は、「体育《たいいく》の授業《じゅぎょう》から教室《きょうしつ》に帰《かえ》るとちゅうの図書委員《としょいいん》さん」みたいに見《み》える。

でも、メガネをはずして衣装《いしょう》に着替《きが》え、試合用《しあいよう》のメークをすると、別人《べつじん》のような絶世《ぜっせい》の美少女《びしょうじょ》に変身《へんしん》するのだ。

「ひさしぶりだね。……元気《げんき》だった？」

つい「元気《げんき》だった？」なんて聞《き》いてしまったのは、去年《きょねん》の全日本《ぜんにほん》ノービスのとき、風邪《かぜ》で高熱《こうねつ》があるのに無理《むり》をした優羽《ゆう》ちゃんがついに倒《たお》れてしまったのを見《み》つけて、わたしとママで助《たす》けたことがあったから。

せっかくの地元開催《じもとかいさい》だから体《からだ》の不自由《ふじゆう》なおばあちゃんにも試合《しあい》を見《み》てもらいたいってがんばってたのに、優羽《ゆう》ちゃんは試合《しあい》を棄権《きけん》することになっちゃって。

そのまま無理《むり》をしたら取《と》りかえしのつかないことになってたかもしれなかったし、棄権《きけん》してよかったと今《いま》でも思《おも》うけど、優羽《ゆう》ちゃん自身《じしん》がどう思《おも》っているのか気《き》になってしまう。

おずおずとたずねたわたしに、優羽《ゆう》ちゃんははじけるような笑顔《えがお》を見《み》せてくれた。

「あっはは、まだあのときのこと、気《き》にしてくれてるのね。風邪《かぜ》はとっくによくなってるし、あれからずっと元気《げんき》にしてるよ。」

ニコニコしながらそういったあと、優羽《ゆう》ちゃんは急《きゅう》に立《た》ち止《ど》まって、まじめな顔《かお》でわたしを見上《みあ》げた。

「かすみちゃん、あのときは、ほんとにごめんなさい。それと、ほんとにありがとう。あのときは、もうろうとしていたけど、あとではっきり思《おも》いだしたんだよね、かすみちゃんがいってくれたこと。ノービスの大《おお》きな試合《しあい》はあの大会《たいかい》で終《お》わりだったけど、これからもずっといっしょにいろんな大会《たいかい》に出続《でつづ》けていくんだって。これが最後《さいご》じゃないんだから、無理《むり》しちゃいけないって……。あのあと風邪《かぜ》をこじらせて何日《なんにち》か入院《にゅういん》することになってさ、ほんとに止《と》めてもらってよかったって思《おも》ったし、かすみちゃんの言葉《ことば》が身《み》にしみてわかったわ。」

よかった……。少《すこ》したってから、優羽《ゆう》ちゃんとお父《とう》さんからお手紙《てがみ》はもらってたんだけど、ていねいだけど少《すこ》しよそよそしいお礼《れい》の文章《ぶんしょう》だったので、もしかしたら怒《おこ》ってるんじゃないかなって心配《しんぱい》だったの。

優羽《ゆう》ちゃんは、また満面《まんめん》の笑《え》みを浮《う》かべて楽《たの》しそうにいった。

「まだ次《つぎ》のシーズンには、なってないけど、今日《きょう》からはもうジュニアみたいなもんだよね。ジャンプはかすみちゃんにかなわないかもしれないけど、スピンでは負《ま》けないから。いつか、世界《せかい》を舞台《ぶたい》に戦《たたか》えるように、がんばろうね！」

世界《せかい》を舞台《ぶたい》に……その言葉《ことば》を聞《き》いて、胸《むね》の奥《おく》がじわじわと熱《あつ》くなってくるように感《かん》じた。

ノービスでも出《で》られる海外《かいがい》の試合《しあい》は少《すこ》しはあるけれど、ジュニアになると、シニアと同《おな》じような「グランプリシリーズ」がある。

世界《せかい》の各地《かくち》で開催《かいさい》されるグランプリ大会《たいかい》（今年《ことし》は七大会《たいかい》ある）に二大会参加《たいかいさんか》して、その成績《せいせき》によって獲得《かくとく》できるポイント合計《ごうけい》の上位《じょうい》六人《にん》が「グランプリファイナル」に進出《しんしゅつ》する。

そして、グランプリファイナルだけはほかの大会《たいかい》とちがって、シニアのグランプリファイナルと同《おな》じ期間《きかん》に同《おな》じ会場《かいじょう》でおこなわれるのだ。

なんてこと！　こんな大事《だいじ》なことを、今《いま》までうっかり忘《わす》れていたなんて。

全日本《ぜんにほん》ジュニアの六位《い》までに入《はい》って、シニアの全日本選手権《ぜんにほんせんしゅけん》に推薦出場《すいせんしゅつじょう》できれば、やっと瀬賀《せが》くんと同《おな》じ大会《たいかい》に出《で》られるって今《いま》まで思《おも》ってたけど。

グランプリシリーズで上位《じょうい》に入《はい》ってグランプリファイナルに出場《しゅつじょう》できれば、きっとそこでも瀬賀《せが》くんに会《あ》えるはず。

クリスマスごろにある全日本選手権《ぜんにほんせんしゅけん》よりも二週間《しゅうかん》ほど早《はや》く、同《おな》じリンクですべれるかもしれないんだ！

「うん、グランプリファイナルに出《で》られるように、がんばろうね！」

思《おも》わず練習《れんしゅう》ノートごとぎゅうぎゅう抱《だ》きしめてしまったので、優羽《ゆう》ちゃんは目《め》を白黒《しろくろ》させて固《かた》まっていた。

10 ショートプログラム前夜《ぜんや》

公式練習《こうしきれんしゅう》の曲《きょく》かけ練習《れんしゅう》で、ひさしぶりに三回転《かいてん》＋三回転《かいてん》のコンビネーションジャンプに挑戦《ちょうせん》してみた。

ショートプログラムは、全日本《ぜんにほん》ジュニアのときと同《おな》じく、昨《さく》シーズン・ノービスA《エー》一年《ねん》目《め》のフリーと同《おな》じ『ジゼル』を編曲《へんきょく》しなおしたものを使《つか》っている。

なので最初《さいしょ》の連続《れんぞく》ジャンプのところで、つい昨《さく》シーズンとんでいたトリプルループ＋トリプルループのコンビネーションをとびたくなってしまう。

二か月《げつ》ちょっと前《まえ》の全日本《ぜんにほん》ジュニアでも、今《いま》と同《おな》じジャンプ構成《こうせい》でトリプルフリップ＋トリプルトウループのコンボをとんでいたはずなのに、どうしてなんだろう。

来《らい》シーズンになったら、ショートプログラムのステップからの単独《たんどく》ジャンプ指定《してい》が、ループじゃない種類《しゅるい》に変《か》わって、そしたらコンビネーションのほうでトリプルループがとべるようになるんだよね。

ジュニアのグランプリシリーズにも出《で》たいし、早《はや》く来《らい》シーズンにならないかなぁ。

そんなことをチラッと思《おも》ってしまったけど、ブルブルと頭《あたま》を振《ふ》って、ネガティブな考《かんが》えを振《ふ》りはらった。

来《らい》シーズンなんてまだまだ先《さき》のこと。

まずこの全中《ぜんちゅう》で表彰台《ひょうしょうだい》に上《あ》がること、それから試合《しあい》でトリプルアクセルを成功《せいこう》させることを目標《もくひょう》に、「今《いま》」を悔《く》いなくがんばらなきゃ！

ダブルアクセルは、曲《きょく》に合《あ》わせて流《なが》れの中《なか》でもうまくとぶことができたので、練習時間《れんしゅうじかん》の終《お》わりごろに一度《ど》、トリプルアクセルもとんでみた。

かなり回転不足《かいてんぶそく》だったんだけど、すぐそばで「うわっ、すごい！」という声《こえ》が聞《き》こえた。

フェンスぎわでコーチの先生《せんせい》から水《みず》のボトルを受《う》け取《と》っていた優羽《ゆう》ちゃんが、大《おお》きな瞳《ひとみ》がおっこちそうなくらいに見開《みひら》いておどろいている。

「い、いつのまに、トリプルアクセルとべるようになったの!?」

話《はな》しかけられて、わたしもボトルを取《と》りにフェンスによるついでに答《こた》えた。

「今年《ことし》になってすぐぐらいからだけど……とべるっていうか、まだ成功率低《せいこうりつひく》いし……。」

「いやいや、じゅうぶんとべてるって！　かすみちゃん、もとから高《たか》さのあるジャンプだから、アクセルも豪快《ごうかい》？　いや、爽快《そうかい》っていうのかな、なんかスカッとするよね。性格《せいかく》はひかえめでやさしいのに、ふしぎだよね。」

そういうと、優《ゆ》羽《う》ちゃんはボトルを手《て》すりの上《うえ》に置《お》いてすべりだした。

それほどスピードは速《はや》くないけれど、なめらかなスケーティングでリンクを横切《よこぎ》りながら、片足《かたあし》を曲《ま》げ、もう片足《かたあし》はのばした体勢《たいせい》で横《よこ》にすべりながら上半身《じょうはんしん》をそらす、レイバックイナバウアーですべっていく。

そらした状態《じょうたい》をもどすと同時《どうじ》に、右足《みぎあし》を振《ふ》り上《あ》げる反動《はんどう》をつけて、左足《ひだりあし》で前向《まえむ》きにふみきる。

あまり高《たか》さはなくても、細《ほそ》い回転軸《かいてんじく》できれいに回《まわ》るなめらかなダブルアクセルが決《き》まった。

着氷《ちゃくひょう》してすぐに優《ゆ》羽《う》ちゃんの姿勢《しせい》は、両足《りょうあし》のつま先《さき》を百八十度《ど》開《ひら》くイーグルに変《か》わっていた。

イナバウアーからジャンプをはさんでイーグルまで……優羽《ゆう》ちゃんの体《からだ》のやわらかさが最大限《さいだいげん》に発揮《はっき》された、美《うつく》しいムーブメント*だ。

やっぱり優羽《ゆう》ちゃんの動《うご》きはきれいだなぁ、って思《おも》う。

わたしもイナバウアーやイーグルをやったことはあるけど、そこまで関節《かんせつ》がやわらかくないからか、あんなにきれいにできたことがない。

でもその代《か》わり、本格的《ほんかくてき》な陸上《りくじょう》トレーニングのやり方《かた》を教《おそ》わる前《まえ》から、なぜかジャンプがすごいってほめられることは多《おお》かった。

トップをめざして競《きそ》い合《あ》う選手《せんしゅ》の中《なか》でも、それぞれに得意不得意《とくいふとくい》があって、それぞれの個性《こせい》で戦《たたか》っているんだね。

トリプルアクセルの動画《どうが》さわぎで、動揺《どうよう》して調子《ちょうし》をくずしてしまったりもしたけど、やっぱりわたしの取《と》り柄《え》はジャンプだから。

さっき優羽《ゆう》ちゃんがいってくれたように、ふだんは引《ひ》っこみ思案《じあん》で泣《な》き虫《むし》なわたしでも、ジャンプを決《き》めれば見《み》ている人《ひと》をスカッと爽快《そうかい》な気分《きぶん》にすることができるんだ。


*ムーブメント＝単体《たんたい》では得点《とくてん》にならないがジャンプやスピンの前《まえ》やあと、つなぎの部分《ぶぶん》に使《つか》うと得点《とくてん》アップになる。

ただ勝《か》つためとか、得点《とくてん》を取《と》るためだけじゃなくて、そういう考《かんが》え方《かた》もできるって思《おも》ったら、なんだか少《すこ》し体《からだ》が軽《かる》くなったような気《き》がした。

開会式《かいかいしき》の午後《ごご》は、全員公式練習《ぜんいんこうしきれんしゅう》だけで試合《しあい》はない。

なので、自分《じぶん》の練習時間《れんしゅうじかん》が終《お》わってからは、優羽《ゆう》ちゃんといっしょに会場《かいじょう》の周囲《しゅうい》をランニングしたり、ヨガマットを敷《し》いてストレッチしたりした。

フィギュアスケート宮城県代表《みやぎけんだいひょう》の女子《じょし》は優羽《ゆう》ちゃんひとりだったので、真子《まこ》ちゃんたちの練習《れんしゅう》が終《お》わって合流《ごうりゅう》したあと、優羽《ゆう》ちゃんもいっしょに行動《こうどう》した。

男子《だんし》はいちばん最後《さいご》、夕方《ゆうがた》六時《じ》をすぎてから公式練習《こうしきれんしゅう》が始《はじ》まるので、悪《わる》いけど塁《るい》くんと和真《かずま》くんはぬいたメンバーで、晩《ばん》ご飯《はん》を食《た》べにいくことになった。

「せっかくだから、なにか名物《めいぶつ》が食《た》べたいな。」

「そばとか、おやきとか、ごへいもちとか！」

真子《まこ》ちゃんと美桜《みお》ちゃんの意見《いけん》にわたしも賛成《さんせい》だったんだけど、結局入《けっきょくはい》ったのは、大人数《おおにんずう》でもだいじょうぶそうなどこにでもあるファミレスだった。

桜ケ丘《さくらがおか》スケートクラブの女子《じょし》メンバーと亜子《あこ》ちゃんと優羽《ゆう》ちゃん、それにママたちと寺島先生《てらしませんせい》と市原先生《いちはらせんせい》を加《くわ》えた十二人《にん》もいれば、そりゃファミレスのほうが無難《ぶなん》だよね。

優羽《ゆう》ちゃんのコーチ・藤村先生《ふじむらせんせい》がいないのは、男性《だんせい》ひとりでいたたまれなかったわけじゃなく、もうひとり教《おし》えている男子選手《だんしせんしゅ》の公式練習《こうしきれんしゅう》に付《つ》きそっているから。

ちなみに、和真《かずま》くんは亜子《あこ》ちゃんと同《おな》じ中学《ちゅうがく》だけど、師事《しじ》しているコーチの先生《せんせい》は別《べつ》なので、公式練習《こうしきれんしゅう》にはその先生《せんせい》が付《つ》きそってくれている。

男子《だんし》の練習《れんしゅう》が七時半《じはん》ごろに終《お》わったら、塁《るい》くんのことは木谷先生《きたにせんせい》が、和真《かずま》くんたちといっしょにホテルまで連《つ》れて帰《かえ》ってくれることになっていた。

あ、忘《わす》れてたけど、桜ケ丘中学《さくらがおかちゅうがく》の監督《かんとく》という立場《たちば》で来《き》てくれている高木先生《たかぎせんせい》も、できるだけ塁《るい》くんに付《つ》きそってくれるようだった。

桜ケ丘女子《さくらがおかじょし》チームは三人《にん》もいて、ママ同士《どうし》でも連絡《れんらく》を取《と》り合《あ》う仲《なか》だからあまり心配《しんぱい》はない。

塁《るい》くんは、今《いま》までもよく会場《かいじょう》でうろちょろして行方不明《ゆくえふめい》になりかけたりしてたんだって。

真子《まこ》ちゃんもスケートを始《はじ》めてからは、たいてい真子《まこ》ちゃんのお母《かあ》さんが真子《まこ》ちゃんよりも塁《るい》くんのほうに付《つ》きそってあげていたらしい。

今回《こんかい》、桜ヶ丘中代表《さくらがおかちゅうだいひょう》四人中《にんちゅう》ただひとりの男子《だんし》ということで、高木先生《たかぎせんせい》のほうから「水島《みずしま》の付《つ》きそいはぼくがやりましょう！」といってくれたんだそうだ。

六人《にん》がけのテーブルをふたつ使《つか》わせてもらうことになったので、子《こ》どもたち＋寺島先生《てらしませんせい》と、ママたち＋市原先生《いちはらせんせい》の二チームに分《わ》かれてすわった。

向《む》こうのテーブルでは、スケートの衣装作《いしょうづく》りの話《はなし》や、朝早《あさはや》く夜遅《よるおそ》い生活《せいかつ》の中《なか》でどれだけ効率《こうりつ》よく家事《かじ》ができるかの話《はなし》で、盛《も》り上《あ》がっている。

市原先生《いちはらせんせい》にもスケートをやってる高校生《こうこうせい》の娘《むすめ》さんがいるそうで、先輩《せんぱい》ママとしていろいろアドバイスしてもらっているみたい。

こっちのテーブルは、子《こ》どもだけじゃなくて寺島先生《てらしませんせい》がいるせいで、どんな話題《わだい》を振《ふ》ったらいいのかみんな少《すこ》しとまどっていた。

ママたちのテーブルのように全員《ぜんいん》が同《おな》じ話題《わだい》でおしゃべりする感《かん》じじゃなくて、となりにすわった子同士《こどうし》でちょこちょこしゃべっているうちに、注文《ちゅうもん》したメニューが運《はこ》ばれてきた。

だれかが「おいしそう〜。」っていいだしたのにつられて、美桜《みお》ちゃん以外《いがい》はほとんどみんな煮《に》こみハンバーグセットをたのんでいる。

美桜《みお》ちゃんは「どうしても、おそばが食《た》べたいのっ！」といって、ひとりだけそばとマグロ丼《どん》のセットをたのんでいた。あ、寺島先生《てらしませんせい》も和定食《わていしょく》だったから、ひとりだけじゃなかったよね。

食《た》べはじめてしばらくしてから、いつもにぎやかな亜子《あこ》ちゃんが静《しず》かなことに気《き》がついた。

ハンバーグやご飯《はん》には手《て》をつけずに、最初《さいしょ》に運《はこ》ばれてきたサラダをフォークでつついているだけに見《み》えたんだ。

ときどき少《すこ》しずつ口《くち》に運《はこ》んでいるようではあるけど、ほとんどへっていない。

わたしの視線《しせん》に気《き》づいて、寺島先生《てらしませんせい》も亜子《あこ》ちゃんの様子《ようす》をうかがっている。

「亜子《あこ》ちゃん。食《しょく》が進《すす》まないみたいだけど、どこか具合《ぐあい》でも悪《わる》いのかな？」

寺島先生《てらしませんせい》に声《こえ》をかけられた瞬間《しゅんかん》に、亜子《あこ》ちゃんはビクッと肩《かた》をゆらしたけど、すぐにいつもの明《あか》るい口調《くちょう》でいった。

「べつに、なんでもな……あ、えっと、ちょっとだけおなかの具合悪《ぐあいわる》いさかい、ゆっくり食《た》べるようにしてただけや。ちゃんと、なんでも食《た》べれんで。」

にっこり笑《わら》うと、さっきまでまったく手《て》をつけていなかったハンバーグを、大《おお》きめに切《き》り分《わ》けて口《くち》に運《はこ》んでいる。

「ちょっと、そんな急《きゅう》にお肉《にく》ばっかり食《た》べてだいじょうぶなの？　おなかこわしてるんでしょう？」

美桜《みお》ちゃんの声《こえ》がママたちのテーブルまで届《とど》いたみたい。市原先生《いちはらせんせい》があわててこっちにやってきた。

「あ〜こ〜、また無茶《むちゃ》なことして。おなか悪《わる》いんやったら、小鉢《こばち》あげるからこっち食《た》べとき。」

市原先生《いちはらせんせい》は、自分《じぶん》の食《た》べていた和定食《わていしょく》の小鉢《こばち》「鶏《とり》ささみとオクラの梅肉《ばいにく》あえ」を亜子《あこ》ちゃんの前《まえ》に置《お》いた。

たしかに、あの小鉢《こばち》なら消化《しょうか》にもよさそう。

亜子《あこ》ちゃんは、消化《しょうか》に悪《わる》そうだと思《おも》っていたのに、みんながたのむのにつられて、ついハンバーグセットをたのんでしまったのだという。

結局《けっきょく》、亜子《あこ》ちゃんはハンバーグをほとんど残《のこ》してしまったんだけど、小鉢《こばち》とご飯《はん》を少《すこ》し食《た》べられたので、みんなもちょっとだけ安心《あんしん》することができた。

おなかの具合《ぐあい》が悪《わる》いのが、冷《ひ》えたとか前《まえ》の日《ひ》に食《た》べすぎたとか、とにかく明日《あした》の演技《えんぎ》に影響《えいきょう》しないような原因《げんいん》ならいいんだけど。

せっかく同《おな》じ大会《たいかい》に出《で》られたんだから、亜子《あこ》ちゃんの実力《じつりょく》が百パーセント発揮《はっき》できた、超豪快《ちょうごうかい》トリプルアクセルが見《み》られたらいいな、と思《おも》った。

11 最後《さいご》のジゼル

ショートプログラムの朝《あさ》。

六時半《じはん》になったと同時《どうじ》に入《はい》ったはずなのに、ホテルの朝食会場《ちょうしょくかいじょう》にはけっこうたくさんの人《ひと》がいた。

第《だい》一グループは八時半《じはん》から始《はじ》まるので、朝食《ちょうしょく》は六時半《じはん》でも遅《おそ》いぐらいだった。

ビッグハットにはバスで十五分《ふん》もかからずに着《つ》くらしいんだけど、日曜《にちよう》ダイヤでは七時《じ》台《だい》は十分《ぷん》と五十五分《ふん》しかなくて、着替《きが》える時間《じかん》を考《かんが》えると五十五分発《ふんはつ》ではかなり不安《ふあん》だ。駅前《えきまえ》を七時《じ》十分発《ぷんはつ》のバスに間《ま》に合《あ》わせるには、遅《おそ》くとも七時《じ》にはホテルを出《で》なければいけない。

実質的《じっしつてき》に食事《しょくじ》に使《つか》える時間《じかん》は十五分《ふん》がいいところだ。

ものすごくあわただしいスケジュールだから、第《だい》四グループの美桜《みお》ちゃんやB組《ビーぐみ》で明日《あした》が出番《でばん》の真子《まこ》ちゃんとは、朝食《ちょうしょく》をいっしょに食《た》べる約束《やくそく》をしていない。

バイキング形式《けいしき》だったのでおかずが選《えら》び放題《ほうだい》だけど、試合当日《しあいとうじつ》だから生物《なまもの》はさけて、あたたかいものや火《ひ》が通《とお》っているものを食《た》べるようにした。

長野名物《ながのめいぶつ》のおかずコーナーにおやきや野沢菜《のざわな》もあって、おやきが食《た》べたいっていってた美桜《みお》ちゃんの顔《かお》が浮《う》かんで、ちょっと笑《わら》いそうになった。

十五分《ふん》かからずに食《た》べ終《お》えて部屋《へや》にもどろうとしていたとき、エレベーターの前《まえ》でママが「あっ！」と声《こえ》をあげた。

「テーブルにスマホ忘《わす》れてきちゃったみたい。かすみは少《すこ》しでも早《はや》く準備《じゅんび》したほうがいいから、先《さき》にもどってて。」

まだなんの返事《へんじ》もしてないのに、部屋《へや》のカードキーを渡《わた》されてエレベーターホールに取《と》り残《のこ》されてしまった。

ちょうどこれから朝食《ちょうしょく》に向《む》かう人《ひと》たちをたくさん乗《の》せたエレベーターがおりてきたので、それに乗《の》って自分《じぶん》の部屋《へや》のある階《かい》までのぼっていく。

エレベーターをおり、壁《かべ》に貼《は》られた案内図《あんないず》を見《み》て自分《じぶん》の部屋《へや》のほうに歩《ある》いていたとき、背後《はいご》からけっこう大《おお》きな声《こえ》が聞《き》こえた。

「もう、いつまで駄々《だだ》こねてるんよ、亜子《あこ》！」

「いやや、行《い》かへん！」

思《おも》ってたより板《いた》がうすいのか、客室扉《きゃくしつとびら》の向《む》こうからいい争《あらそ》うような声《こえ》が聞《き》こえてくる。

はじめは他人《たにん》のケンカを盗《ぬす》み聞《ぎ》きするなんて……と思《おも》ったんだけど「亜子《あこ》」という名前《なまえ》が聞《き》こえた気《き》がして、思《おも》わず足《あし》を止《と》めた。

「今《いま》から食堂《しょくどう》行《い》って、ゆっくり時間《じかん》かけてちょっとずつ食《た》べたら、ぜったい食《た》べられるさかいに。なぁ、亜子《あこ》ちゃん。」

「ええってゆうてるやん！　動《うご》けるぶんのエネルギーだけゼリーで摂《と》ってれば、べつに食事《しょくじ》なんていらんもん。」

「そんなわけにはいかへんでしょ。ちゃんと食《た》べ物《もの》で栄養《えいよう》を摂《と》らんと、体《からだ》の成長《せいちょう》のバランスが取《と》られへんようになるかもしれんのよ。」

いいきかせるように話《はな》しているのは、たぶん市原先生《いちはらせんせい》の声《こえ》。ということは、最初《さいしょ》にしゃべってたのが亜子《あこ》ちゃんのお母《かあ》さんなのかな。

なんか、亜子《あこ》ちゃんが食事《しょくじ》を食《た》べないっていってるように聞《き》こえたんだけど、きのういってたおなかの具合《ぐあい》が悪《わる》いの、まだなおってないんだろうか。

心配《しんぱい》になって、もう一歩《いっぽ》扉《とびら》に近《ちか》づいてしまった。

すると、さっきよりひときわ大《おお》きな声《こえ》が聞《き》こえた。

「成長《せいちょう》なんてしたくない……これ以上《いじょう》、重《おも》たい体《からだ》になりたぁないねん！」

「重《おも》たいて、あんたちょっと考《かんが》えすぎやで。べつにそんな太《ふと》ってへんがな。」

「おかあちゃん、ウソつかんとって！　この前《まえ》、取材《しゅざい》された映像《えいぞう》がテレビに流《なが》れたとき、『全日本《ぜんにほん》のころから見《み》てめっちゃ太《ふと》った。』ってネットに書《か》きこまれてたもん。『あんなんでホントにとべるんか。』とか『あのままじゃ膝《ひざ》いためるぞ。』とか、むっちゃいろいろいわれてて……。」

「まぁ、そんなふうに書《か》かれてんの見《み》たらショックやとは思《おも》うけどね、でもコーチのわたしの目《め》から見《み》て、ちゃんときれいにとべてるんやから、悪口《わるくち》なんて気《き》にすることないって。」

「ただの悪口《わるくち》とちゃう！　うち、ほんまに三キロも体重《たいじゅう》ふえてるし……そのうち、いわれたとおりになってしまうかもしれへん。」

「三キロふえたゆうても、身長《しんちょう》かて何《なん》センチものびてるんやから、太《ふと》ったわけとちゃうでしょ。それより、ちゃんと食事《しょくじ》で栄養《えいよう》摂《と》るようにせんと、スタミナがなくなって逆《ぎゃく》にとばれへんようになるわよ。」

「そんな、とばれへんようになるんは、ぜったいイヤやけど……でも、なんかもう、食《た》べるのがこわぁなってしもて、どないしたらええんか、わからへん……。」

言葉《ことば》を投《な》げつけ合《あ》うように続《つづ》いていたやりとりが途絶《とだ》えて、亜子《あこ》ちゃんのすすり泣《な》く声《こえ》が聞《き》こえてきた。


きのう、亜子《あこ》ちゃんが食事《しょくじ》を残《のこ》していたのは、おなかの調子《ちょうし》が悪《わる》かったわけじゃなかったんだ。

太《ふと》ったなんて悪口《わるくち》いわれて、太《ふと》ったらとべなくなるんじゃないかって不安《ふあん》になって、食《た》べることがこわくなったなんて……。

わたしも、もともとはチビだったこともあって、身長《しんちょう》が急《きゅう》にのびたときにジャンプの軸《じく》を作《つく》るバランスが取《と》れなくなって、しばらくジャンプが不調《ふちょう》になってしまった時期《じき》があった。

今《いま》はまたとべるようになっているけど、そのうちに今度《こんど》は、子《こ》どもの体型《たいけい》から大人《おとな》の体型《けい》に成長《せいちょう》する時期《じき》がかならずやってくる。

また背《せ》がのびるかもしれないし、確実《かくじつ》に脂肪《しぼう》はつくと思《おも》うし、体《からだ》の厚《あつ》みがふえてジャンプの軸《じく》が太《ふと》くなってしまう、そんな時期《じき》がきっと来《く》るんだ。

亜子《あこ》ちゃんの不安《ふあん》や苦《くる》しみは、決《けっ》してひとごとじゃない。

スケートに打《う》ちこんでいる女《おんな》の子《こ》ならだれでもみんな、いつか同《おな》じような悩《なや》みを持《も》つときが来《く》るかもしれないんだ。

亜子《あこ》ちゃんみたいに、いろいろなエレメンツの中《なか》でもジャンプがいちばん得意《とくい》な選手《せんしゅ》ほど、変化《へんか》の時期《じき》を無事《ぶじ》にぬけだすのはたいへんだと思《おも》う。

わたしも、同《おな》じようにジャンプが得意《とくい》でジャンプがいちばん好《す》きだから、いつか来《く》るその時期《じき》がこわくなって、立《た》ちすくんだまま動《うご》けなくなった。

「なにしてんの、かすみ。部屋《へや》にもどってなさいって、いったでしょ。」

エレベーターホールのほうから走《はし》ってきたママに、強《つよ》めにポンと背中《せなか》をたたかれた。

ちょっと冷《つめ》たい感《かん》じのいい方《かた》がいつもどおりだったので、ホッとして思《おも》わず大《おお》きく息《いき》を吐《は》いた。

「どうかしたの？」

少《すこ》し心配《しんぱい》そうになったママの顔《かお》を見《み》て、ホッとしただけじゃなく、なんだか泣《な》きそうになってきた。

でも、さっき聞《き》いたことは、ママにもだれにも勝手《かって》に話《はな》すわけにいかないから。

ぐっとおなかに力《ちから》を入《い》れてもう一呼吸《ひとこきゅう》してから、いろんな気持《きも》ちをのみこんだ。

「エレベーターがなかなか来《こ》なくて、階段《かいだん》でのぼってきたから遅《おそ》くなっちゃった。」

ちょっと苦《くる》しい言《い》い訳《わけ》に、ママは一瞬《いっしゅん》だけ眉《まゆ》をひそめたあと無表情《むひょうじょう》にいった。

「部屋《へや》に着《つ》いたら二分《ふん》で出発《しゅっぱつ》するよ。」

ショートプログラムの本番前《ほんばんまえ》、優羽《ゆう》ちゃんが同《おな》じグループにいてくれてよかったと心《こころ》から思《おも》った。

もしひとりだったら、朝《あさ》の亜子《あこ》ちゃんのさけびや泣《な》き声《ごえ》を、くりかえし思《おも》いだしてしまっていたかもしれない。

更衣室《こういしつ》でもリンクサイドでも、優羽《ゆう》ちゃんと話《はな》していると気《き》がまぎれた。

きのうの公式練習《こうしきれんしゅう》では、トリプルフリップ＋トリプルトウループのコンビネーションも、三回《かい》に二回《かい》ぐらいの割合《わりあい》でクリーンに決《き》まっていた。

三回《かい》に一回《かい》来《く》る失敗《しっぱい》ジャンプが本番《ほんばん》に来《き》てしまう可能性《かのうせい》もあるけど、失敗《しっぱい》といってもだいたいはセカンドジャンプでの転倒《てんとう》なので、得点《とくてん》がゼロになるような大失敗《だいしっぱい》ってわけじゃない。

本番直前《ほんばんちょくぜん》の六分間練習《ぷんかんれんしゅう》では、コンビネーションを試《こころ》みた三回《かい》とも、なんとか転倒《てんとう》せず着《ちゃく》氷《ひょう》することができた。

この調子《ちょうし》なら、本番《ほんばん》もだいじょうぶかも。

練習時間終了《れんしゅうじかんしゅうりょう》のアナウンスを聞《き》きながら、リンクのはしにすべりより、フェンスごしに寺島先生《てらしませんせい》と手《て》をつないだ。

「なんだか今日《きょう》はすごく気合《きあい》が入《はい》ってて、もうなにもいう必要《ひつよう》ないかもしれないけど……。」

少《すこ》し冷《つめ》たい先生《せんせい》の手《て》が、力強《ちからづよ》くわたしの手《て》をにぎりしめた。

「たぶん最後《さいご》のジゼル、悔《く》いなくやってきなさい。」

「はいっ。」

先生《せんせい》の言葉《ことば》に、身《み》が引《ひ》きしまった。

そうだ、このジゼルのショートプログラムも、いったん今日《きょう》で終《お》わりになるんだ。

新《しん》シーズンは七月《がつ》からだけど、春《はる》のローカル大会《たいかい》までに新《あたら》しいプログラムを作《つく》るって、寺島先生《てらしませんせい》と相談《そうだん》していたから。

ジャンプを失敗《しっぱい》しない、転《ころ》ばない、ということも大事《だいじ》だけど、最後《さいご》の『ジゼル』を思《おも》いきり演《えん》じたい。

名前《なまえ》がコールされて、リンク中央《ちゅうおう》にすべりでていくあいだにも、その気持《きも》ちが強《つよ》くなっていた。

定位置《ていいち》で止《と》まったとき、試合《しあい》のときにはいつもつけている、ガラスのスケート靴《ぐつ》と雪《ゆき》の結晶《けっしょう》の形《かたち》のチャームがついたペンダントを、衣装《いしょう》の布《ぬの》ごとぎゅっとにぎりしめた。

瀬賀《せが》くんにもらったお守《まも》りのペンダントは、いつもわたしに力《ちから》をくれるの。

もうひとつ、小《ちい》さいころからずっとパパがわたしにいってくれていた言葉《ことば》――


――だいじょうぶ。きっとできる。自分《じぶん》を信《しん》じて！――


この言葉《ことば》を心《こころ》の中《なか》でとなえると、どんなときでも心《こころ》がすぅっと落《お》ち着《つ》いてくる。

魔法《まほう》の言葉《ことば》だからって、いつもカンペキにノーミスですべれるわけじゃないけど、結果《けっか》はどうあれ、悔《く》いなくすべれるようになった気《き》がするんだ。

それと、今日《きょう》はもうひとつ、力《ちから》をくれるものがあった。

六分間練習《ぷんかんれんしゅう》のときから気《き》づいてたんだけど、ジャッジ席《せき》と反対側《はんたいがわ》サイドの手《て》すりに、「ファイト！　かすみ」と書《か》かれた応援《おうえん》バナー（横断幕《おうだんまく》）が貼《は》られていた。

新《あたら》しいジゼル衣装《いしょう》と同《おな》じ、白《しろ》とピンクの配色《はいしょく》のきれいなバナーは、応援《おうえん》に来《き》てくれているはずの島崎《しまざき》さんが作《つく》ってくれたんだと思《おも》う。

応援《おうえん》バナーを作《つく》ってもらうなんてはじめてのことなので、うれしすぎて胸《むね》がキュンとな

る。

「かすみちゃん、ガンバ〜！」

ひときわ大《おお》きな声援《せいえん》は、フローラちゃんの声《こえ》だ。

日本《にほん》に来《き》てはじめて出《で》た試合《しあい》では、応援《おうえん》のガンバ（「ガンバレ」の略《りゃく》）をイタリア語《ご》のガンバ（足《あし》という意味《いみ》）とまちがえて、パニックになってたフローラちゃんが、わたしに力《ちから》いっぱいガンバの声援《せいえん》を送《おく》ってくれている。

パワー満《まん》タンになったような気分《きぶん》で、開始《かいし》のポーズを取《と》った。


流《なが》れはじめたのは、ジゼルの悲《かな》しい運命《うんめい》を暗示《あんじ》したような、劇的《げきてき》な展開《てんかい》の『イントロダクション（導入曲《どうにゅうきょく》）』。

勢《いきお》いをつけて広《ひろ》いリンクをななめに横切《よこぎ》りながら、ジャンプの助走《じょそう》に入《はい》る。

スケート靴《ぐつ》のエッジが氷《こおり》に吸《す》いつくような、なめらかな動《うご》きに加速《かそく》がついていく。

勢《いきお》いを増《ま》しながらとぶ最初《さいしょ》のコンビネーションは、トリプルフリップ＋トリプルトウループ。

ふみきるタイミング、エッジのふみきり角度《かくど》、とびあがるタイミング……すべてがバチッと決《き》まった。

カンペキな出来《でき》のトリプルフリップ。

高《たか》さも幅《はば》もじゅうぶんだし、回転軸《かいてんじく》もゆがんでいない。

このままいけば、ふたつ目《め》のトリプルトウループもカンペキなジャンプになるはず。

そう思《おも》って、心《こころ》をはずませながら氷面《ひょうめん》をもう一度《いちど》ふみきった――次《つぎ》の瞬間《しゅんかん》、自分《じぶん》でも「えっ？」と思《おも》うようなことがおこった。

次《つぎ》は、後《うし》ろ向《む》きに左足《ひだりあし》のトウ（つま先《さき》）をついてとびあがるトウループジャンプだったはずなのに、無意識《むいしき》のうちに、左足《ひだりあし》のエッジで氷面《ひょうめん》を押《お》すようにしてとびあがるループジャンプをとんでしまっていたんだ。

ひとつ目《め》のジャンプがうまくいったので、勢《いきお》いがついて、ふたつ目《め》のジャンプも三回転《かいてん》してクリーンに着氷《ちゃくひょう》できた……んだけど……。

今《いま》とんだトリプルループは、後半《こうはん》に「ステップからただちにとぶ単独《たんどく》ジャンプ」としてとぶ予定《よてい》だったのに！

ジュニアのルールでは、「ステップからただちにとぶジャンプはループジャンプ」だとシーズンが始《はじ》まる前《まえ》に決《き》められて、それ以外《いがい》の種類《しゅるい》のジャンプをとんでもノーカウント（略《りゃく》してノーカン）になり、無得点《むとくてん》になってしまう。

頭《あたま》の中《なか》が真《ま》っ白《しろ》になりそうになって、一瞬《いっしゅん》、今自分《いまじぶん》がなにをしているのか、わからなくなりそうになった。

動揺《どうよう》しちゃダメだ。とんでしまったものは、もうやりなおせないんだから、あとでなんとかする方法《ほうほう》を考《かんが》えなきゃ。

最初《さいしょ》のコンビネーションジャンプからあまり間《ま》を置《お》かずに、ステップからのジャンプをとぶところが近《ちか》づいてきた。

楽《たの》しげなメロディーに乗《の》って、軽《かろ》やかにステップをふんできた直後《ちょくご》にとぶループジャンプ。

両足《りょうあし》が前後《ぜんご》にそろったような形《かたち》になったところから、ぐっと氷面《ひょうめん》を押《お》すようにふみきって……ふんわりと空中《くうちゅう》に舞《ま》いあがる。

少《すこ》しよゆうを持《も》って、優雅《ゆうが》にゆったりと二回転《かいてん》しておりてくる。

着氷姿勢《ちゃくひょうしせい》にも気《き》をつかった、非《ひ》の打《う》ちどころのないダブルループがとべた！

ダブルループはトリプルループにくらべると三点以上《てんいじょう》も点数《てんすう》が低《ひく》い。

でも、トリプルループのくりかえし違反《いはん》になって、二回目《かいめ》とんだぶんの点数《てんすう》がゼロになるよりは、少《すこ》しでも点数《てんすう》がもらえるほうがいいに決《き》まってる。

それに、さっきのダブルループはほんとうにカンペキな出来《でき》だったから、＊GOE《ジーオーイー》で加点《かてん》がたくさんつくはず。

これでなんとか最悪《さいあく》の事態《じたい》はまぬがれた。

あとは、これで最後《さいご》になるかもしれない『ジゼル』を、心《こころ》をこめて演《えん》じるだけ。

プログラム中盤《ちゅうばん》ではステップを使《つか》って、村娘《むらむすめ》ジゼルの「恋《こい》する喜《よろこ》び」を表現《ひょうげん》する。

やさしい恋人《こいびと》・アルブレヒトは、実《じつ》は身分《みぶん》ちがいの公爵様《こうしゃくさま》で、貴族《きぞく》の婚約者《こんやくしゃ》がいた。裏切《うらぎ》られてしまったジゼルは、悲《かな》しみのあまり息絶《いきた》えてしまう。

でも、未婚《みこん》のまま亡《な》くなった娘《むすめ》たちが精霊《せいれい》になったウィリーの姿《すがた》になっても、ジゼルはアルブレヒトを愛《あい》し続《つづ》けるの。

物語《ものがたり》そのものは悲劇《ひげき》だけど、はじめて愛《あい》を知《し》り、なにもかもが楽《たの》しかったころの思《おも》い出《で》

＊GOE《ジーオーイー》＝エレメンツのできばえを「－３～＋３」までの７段階《だんかい》で評価《ひょうか》した点数《てんすう》。

を踊《おど》るのが、わたしの『ジゼル』だから。

　片足《かたあし》のトウを使《つか》ってはねていく「トウステップ」で、有名《ゆうめい》な『ジゼルのバリエーション』を踊《おど》っていると、ステップのとちゅうで客席《きゃくせき》から拍手《はくしゅ》がおこった。

　わたしなりのジゼルがちゃんと伝《つた》わったように思《おも》えて、うれしくなった。

　ラストジャンプのダブルアクセルも決《き》まり、最後《さいご》の最後《さいご》は高速回転《こうそくかいてん》しながら次々《つぎつぎ》とポジションを変《か》えていくコンビネーションスピンだ。

　恋人《こいびと》に裏切《うらぎ》られ、楽《たの》しい夢《ゆめ》からさめて絶望《ぜつぼう》に狂《くる》う様子《ようす》を表現《ひょうげん》したスピンで、ショートプログラムは幕《まく》を閉《と》じる。

　もっと大人《おとな》になって、もっと深《ふか》く共鳴《きょうめい》できるような悲《かな》しみや絶望《ぜつぼう》の表現《ひょうげん》ができるようになったら、バレエ『ジゼル』の第二幕《だいにまく》の、ウィリーになったジゼルの踊《おど》りも演《えん》じてみたいな、と思《おも》う。

　でも、今《いま》はこれがせいいっぱい。

　大失敗《だいしっぱい》になるところを最小限《さいしょうげん》のミスで止《と》められたし、ジゼルの愛《あい》は伝《つた》えられたと思《おも》うし。

最後《さいご》のあいさつを終《お》え、まだ鳴《な》りやまない拍手《はくしゅ》の中《なか》をリンクサイドに帰《かえ》ると、ホッとしたような笑顔《えがお》で待《ま》っていた寺島先生《てらしませんせい》が、両手《りょうて》をひろげてハグしてくれた。

12 慣《な》れないインタビュー

ショートプログラムの得点《とくてん》は、トリプルループを転倒《てんとう》した全日本《ぜんにほん》ジュニアのショートよりは、かなり高得点《こうとくてん》だった。

基礎点《きそてん》では今回《こんかい》のほうが三点《てん》ちょっと低《ひく》くなるけれど、GOE《ジーオーイー》は予想《よそう》どおりプラスが多《おお》くなっているようだ。

全日本《ぜんにほん》ジュニアのときは、GOE《ジーオーイー》でも引《ひ》かれ、全体《ぜんたい》からも転倒《てんとう》のディダクション（減《げん》点《てん》）として一点《てん》引《ひ》かれていたし、ほかの部分《ぶぶん》でも細《こま》かいミスがあったんだよね。

公式練習中《こうしきれんしゅうちゅう》に靴《くつ》がこわれて、新《あたら》しい靴《くつ》に変《か》えるというアクシデントがあったから、しかたなかった気《き》はしているけど。

優羽《ゆう》ちゃんは四人《にん》あとの五番滑走《ばんかっそう》だから、急《いそ》いで着替《きが》えてくれば客席《きゃくせき》からゆったり見《み》られるかも。

そう思《おも》いながら、リンクサイドから更衣室《こういしつ》に向《む》かうほうに通路《つうろ》を曲《ま》がろうとしたら、係《かかり》員《いん》さんによびとめられた。

なぜか連《つ》れていかれた「ミックスゾーン」という場所《ばしょ》は、大会《たいかい》のロゴマークが貼《は》られた壁《かべ》を背《せ》に、黒《くろ》い柵《さく》とたくさんのマイクにかこまれたスペースだった。

更衣室《こういしつ》とは逆方向《ぎゃくほうこう》の、そのミックスゾーンに足《あし》をふみいれた瞬間《しゅんかん》に、通路《つうろ》のあちこちにいた報道《ほうどう》と書《か》かれたビブス（ベストの形《かたち》をしたゼッケン）をつけた人《ひと》たちがわらわらと集《あつ》まってきた。

え、なにこれ？　テレビカメラまであるけど、まさか、わたしが取材《しゅざい》されるの？

思《おも》わず左右《さゆう》をキョロキョロ見回《みまわ》してしまったけど、報道陣《ほうどうじん》以外《いがい》ではわたししかいない。

そうだよね。わたしが一番滑走《ばんかっそう》だったんだから、ほかの子《こ》はまだすべり終《お》わってないもんね。

いや、でも、わたしなんかになにを聞《き》くつもりなんだろう。

マイクを持《も》った男性《だんせい》の記者《きしゃ》さん？が質問《しつもん》を始《はじ》めると、柵《さく》のところに立《た》ててあった長《なが》い棒《ぼう》のついたマイクがいっせいに頭《あたま》の上《うえ》まで迫《せま》ってきた。

「おつかれさまでした。ノーミスの演技《えんぎ》、すばらしかったです。初《はつ》の全中《ぜんちゅう》の手《て》ごたえはいかがでしたか？」

いきなり「ノーミスの演技《えんぎ》」といわれて、なんと答《こた》えたらいいのかわからなくなった。

いきなりジャンプの種類《しゅるい》をまちがえるという、すごいミスをしてしまっていたんだけど、転《ころ》ばなかったからノーミスに見《み》えるのかな。

「あの、えっと、あ、ありがとうございます。で、でも、ノーミスじゃなくて、最初《さいしょ》のコンボでトリプルループをとんじゃったせいで、ステップからのジャンプをダブルループにしなきゃいけなくなって、ちょっと、パニックになりました。それから、全中《ぜんちゅう》は、えーっと、まだ、自分《じぶん》が一番滑走《ばんかっそう》なので、手《て》ごたえとかは、わかりません。」

どうにか言葉《ことば》をひねりだしながら答《こた》えたので、しゃべり方《かた》がブツ切《ぎ》りになってしまった。

もしここに美桜《みお》ちゃんがいたら、確実《かくじつ》に「なに、そのしゃべり方《かた》。バカみたいだから、もっとスラスラしゃべりなさいよ。」って叱《しか》られてただろうな。

それからいくつかの質問《しつもん》に答《こた》えたけど、どれも答《こた》えはじめる前《まえ》に長《なが》いこと考《かんが》えこんでしまったり、話《はな》しはじめてからも「あれっ、これでよかったのかな？」と思《おも》いかえしてだまってしまったり、うまくしゃべれない。

しゃべり方《かた》を笑《わら》われたりしても、それはそんなに気《き》にならないんだけど、答《こた》えづらい質《しつ》問《もん》はちょっとこまる。

「練習中《れんしゅうちゅう》にトリプルアクセルを成功《せいこう》させたそうですが、明後日《あさって》のフリーで挑戦《ちょうせん》する予定《よてい》はありますか？　中嶋亜子《なかじまあこ》選手《せんしゅ》、葉月陽菜《はづきはるな》選手《せんしゅ》に続《つづ》く中学生《ちゅうがくせい》トリプルアクセラーの誕生《たんじょう》を、みんな楽《たの》しみにしていると思《おも》います。」

質問《しつもん》を何度《なんど》か頭《あたま》の中《なか》でくりかえして、なんて答《こた》えたらいいのか考《かんが》えているあいだ、記者《きしゃ》さんたちの中《なか》でちょっとイライラしてるみたいに見《み》える人《ひと》もいた。

でも、この質問《しつもん》はパニック寸前《すんぜん》でいっぱいいっぱいになって言葉《ことば》が出《で》ないというよりも、なんだか「答《こた》えたくない」気分《きぶん》だったんだ。

「あの……トリプルアクセルに挑戦《ちょうせん》するかどうかという前《まえ》に、わたしがフリーに出《で》られるかどうか、まだわからないので、その質問《しつもん》には答《こた》えられません。フリーに進《すす》めるのはたった十八人《にん》なのに、九十人《にん》もの選手《せんしゅ》がショートをすべるんです。一番滑走《ばんかっそう》が終《お》わっただけなのに、だれがフリーに残《のこ》れるかなんて、まだぜんぜんわからないはずです。」

そういってから口《くち》をつぐむと、あたりは少《すこ》しざわざわしはじめた。

その中《なか》をつっきって、よく通《とお》るすんだ声《こえ》がひびいた。

「では最後《さいご》に……昨《さく》シーズンフリーに使《つか》って以来《いらい》二シーズンずっと演《えん》じてきた『ジゼル』について、特別《とくべつ》な思《おも》いなどありますか？」

あ、この質問《しつもん》なら答《こた》えられるかも。

「ジゼルは、曲《きょく》もバレエもジゼルというキャラクターも、みんな大好《だいす》きです。最初《さいしょ》、ジゼルは弱《よわ》い女《おんな》の子《こ》だから、わたしに似合《にあ》っていて、それで感情移入《かんじょういにゅう》しやすいのかな、と思《おも》っていました。だけどそれはちがって、ジゼルを演《えん》じ続《つづ》けているうちに、弱虫《よわむし》のわたしも少《すこ》しずつ強《つよ》くなってこられたんだと思《おも》っています。」

そう答《こた》えると、質問《しつもん》してくれた女性《じょせい》の記者《きしゃ》さんが、目《め》を細《ほそ》めてうなずいているように見《み》えた。

ミックスゾーンで取材《しゅざい》を受《う》けているあいだに、ずいぶん時間《じかん》がたってしまった。

このままUターン《ユー》したらなんとか優羽《ゆう》ちゃんの演技《えんぎ》が見《み》られるんじゃないかと思《おも》ったりしたけど、すべり終《お》えた選手《せんしゅ》が衣装《いしょう》のままリンクサイドにもどるのもおかしいし、あきらめて更衣室《こういしつ》に向《む》かうことにした。

優羽《ゆう》ちゃんに間《ま》に合《あ》わなければ、そんなに急《いそ》ぐ必要《ひつよう》もないよね。

亜子《あこ》ちゃんたちが出《で》る第三《だい》グループの前《まえ》には、整氷時間《せいひょうじかん》もあるし。

そう思《おも》ってゆっくり着替《きが》えていたら、優羽《ゆう》ちゃんが更衣室《こういしつ》にもどってきた。

優羽《ゆう》ちゃんもミックスゾーンで取材《しゅざい》を受《う》けていたので、もう六番滑走《ばんかっそう》の選手《せんしゅ》もすべり終《お》わって、今《いま》は第二《だい》グループの六分間練習《ぷんかんれんしゅう》が始《はじ》まったところのようだった。

「おつかれ〜、かすみちゃん！」

「優羽《ゆう》ちゃんも、おつかれさま。」

すごく明《あか》るい表情《ひょうじょう》をしているから、納得《なっとく》いくような演技《えんぎ》ができたのかな。

優羽《ゆう》ちゃんが演技《えんぎ》についてなにも聞《き》いてこないので、わたしも特《とく》にたずねない。

着替《きが》えているあいだに話《はな》していたのは、「美桜《みお》ちゃんの応援《おうえん》バナーたくさんあったねえ。」とか会場《かいじょう》で見《み》かけた他愛《たわい》もない話《はなし》。

会場内《かいじょうない》には、地元《じもと》の中学生《ちゅうがくせい》がメッセージやイラストを描《か》いてくれた、応援《おうえん》ののぼり旗《ばた》がたくさん飾《かざ》られているほかに、ジュニアやシニアの全日本《ぜんにほん》でよく見《み》かけるような、選手個人《せんしゅこじん》を応援《おうえん》するためのバナーも少《すく》ないけれど掲《かか》げられていた。

去年《きょねん》十二月《がつ》の全日本《ぜんにほん》（シニア）はテレビ観戦《かんせん》だったんだけど、それでも瀬賀《せが》くんのバナーが会場《かいじょう》にあふれているのが見《み》えて、自分《じぶん》のことのように胸《むね》が熱《あつ》くなったものだった。

全中《ぜんちゅう》は観客数《かんきゃくすう》もそんなに多《おお》くないので、美桜《みお》ちゃんのバナーでも四、五枚《まい》ぐらいだったけれど、ほかに亜子《あこ》ちゃんと葉月《はづき》さんが二枚《まい》ずつくらいあっただけなので、美桜《みお》ちゃんのがすごくたくさんあったような気《き》になる。

「そういえば、かすみちゃんのバナーもひとつ見《み》かけたよ。」

「うん、クラスのお友《とも》だちが作《つく》ってきてくれたみたい。」

「へぇ～すごいね。東京《とうきょう》からわざわざバナー持《も》って見《み》にきてくれるなんて！」

「ほんとに、すごくお世話《せわ》になってるの。今日《きょう》のジゼルの衣装《いしょう》も、その子《こ》が作《つく》ってくれたんだよ。」

ジゼル衣装《いしょう》をクラスメートが作《つく》ったと聞《き》いて、優羽《ゆう》ちゃんは「すっご〜い！」と声《こえ》をあげた。

第《だい》三グループの亜子《あこ》ちゃんと第《だい》四グループの美桜《みお》ちゃんを応援《おうえん》するために、客席《きゃくせき》にいるフローラちゃんとクラスの友《とも》だちと合流《ごうりゅう》するんだっていったら、優羽《ゆう》ちゃんもバナーの主《ぬし》に会《あ》いたいといいだして、いっしょに来《く》ることになった。

試合《しあい》が始《はじ》まった八時半《じはん》ごろはガラ空《あ》きだった客席《きゃくせき》も、第《だい》三グループ直前《ちょくぜん》にはだいぶこんできていた。

全日本《ぜんにほん》ジュニアの優勝《ゆうしょう》と準優勝《じゅんゆうしょう》の選手《せんしゅ》が登場《とうじょう》するんだもの、第《だい》三グループは見逃《みのが》せないよね。

それでも、わたしのバナーが貼《は》られている、ジャッジと逆側《ぎゃくがわ》のエリアには、まだ少《すこ》し空《くう》席《せき》が見《み》える。

観客《かんきゃく》入《い》り口《ぐち》から二階席《かいせき》に入《はい》り、演技前《えんぎまえ》に見《み》つけた白《しろ》とピンクのバナーをさがす。

すると、一、バナーを取《と》りつけた手《て》すりのすぐ上《うえ》、二階席《かいせき》の一列目《れつめ》に、きれいなうす茶色《ちゃいろ》のロングヘアが浮《う》き立《た》つように見《み》えた。

遠《とお》くから見《み》てもオーラがにじみ出《で》て見《み》えるなんて、さすがプリンセスだよね。

フローラちゃんの左《ひだり》どなりには家庭教師《かていきょうし》の北園《きたぞの》さんがいて、右《みぎ》どなりには島崎《しまざき》さん、そのとなりに山下《やました》さんという順《じゅん》にすわっていた。

早足《はやあし》で客席《きゃくせき》を半周《はんしゅう》していると、フローラちゃんたちもわたしたちを見《み》つけたらしく、立《た》ち上《あ》がって手《て》を振《ふ》ってくれた。

「かすみちゃん、コンビネーションジャンプすごかったよ〜！　それに、ちゃんとリカバリーもできるなんて、冷静《れいせい》ですごいよ。」

席《せき》に到着《とうちゃく》するといきなりフローラちゃんがわたしの両手《りょうて》を持《も》って、手遊《てあそ》びのはじめに「せっせっせー」ってするときみたいに、ブンブン振《ふ》りながらいった。

返事《へんじ》をする前《まえ》に、フローラちゃんの肩《かた》ごしに島崎《しまざき》さんが顔《かお》を出《だ》し、裏《うら》がえった声《こえ》でさけんだ。

「え、うそ、七海優羽《ななみゆう》ちゃん!?　本物《ほんもの》の七海優羽《ななみゆう》ちゃんですか？　今日《きょう》もキャンドルスピンすごかったです！　美《うつく》しかったです！」

涙《なみだ》ぐみそうになりながら力説《りきせつ》する島崎《しまざき》さんは、もともと筋金入《すじがねい》りのスケートファンなので、ノービスでも上位《じょうい》の選手《せんしゅ》はだいたい知《し》っている。

おばあさんとおばあさんがバレエ教師《きょうし》で島崎《しまざき》さん本人《ほんにん》も習《なら》ってたこともあって、優羽《ゆう》ちゃんみたいなスピンポジションの美《うつく》しい選手《せんしゅ》は特《とく》に大好《だいす》きなんだそうだ。

優羽《ゆう》ちゃんも最初《さいしょ》はとまどっていたけど、山下《やました》さんとかわってもらって島崎《しまざき》さんのとなりにすわると、楽《たの》しそうに会話《かいわ》しはじめた。

わたしと山下《やました》さんは、フローラちゃんと島崎《しまざき》さんの真後《まうし》ろにちょうど空《あ》いていた席《せき》に、ならんですわった。

第《だい》二グループ後《ご》の整氷時間《せいひょうじかん》が終《お》わり、第《だい》三グループの選手《せんしゅ》たちが六分間練習《ぷんかんれんしゅう》を始《はじ》めた。

第《だい》三グループ六人《にん》の中《なか》で、亜子《あこ》ちゃんと葉月《はづき》さんのふたりは、ただすべりはじめただけでもスピードが段《だん》ちがいに速《はや》い。

やっぱり助走《じょそう》の速《はや》さが回転《かいてん》に勢《いきお》いをつけて、トリプルアクセルの成功《せいこう》につながるのかな。

スピードが出《だ》せるというのはメリットだけじゃなく、細《こま》かい動《うご》きをコントロールしにくくなるデメリットもある。

だからこそ、演技《えんぎ》の最後《さいご》までスピードを落《お》とさずに、たくさんのエレメンツをきれいにこなしていければ、TES《ティーイーエス》（技術要素点《ぎじゅつようそてん》）だけでなくPCS《ピーシーエス》（演技構成点《えんぎこうせいてん》）も上《あ》げることができる。

練習時間《れんしゅうじかん》のとちゅうで「わぁあ〜っ！」と大《おお》きな歓声《かんせい》があがった。

亜子《あこ》ちゃんがトリプルアクセルをとんで、ちょっと両足着氷《りょうあしちゃくひょう》ぎみだったけど転《ころ》ばずにおりたのだ。

対《たい》する葉月《はづき》さんのほうは、トリプルアクセルは一度《いちど》もとばずに練習《れんしゅう》を終《お》えた。

全中《ぜんちゅう》でも、ジュニアのルールで試合《しあい》がおこなわれるので、ショートでのアクセルジャンプは、女子《じょし》ではダブルまでと決《き》められている。

ショートでどうしてもトリプルアクセルをとびたいなら、コンビネーションジャンプにしなければいけない。

そうすると成功率《せいこうりつ》は限《かぎ》りなく低《ひく》くなるので、トリプルアクセル以外《いがい》のコンボにしてGO《ジーオー》

E《イー》の加点《かてん》をふやしたほうが、常識的《じょうしきてき》に見《み》て高得点《こうとくてん》をねらえる。

ショートプログラムでは、エレメンツのたったひとつでも失敗《しっぱい》してしまえば、グンと点《てん》数《すう》が下《さ》がってしまう。

大《おお》きく得点《とくてん》を落《お》とせば、九十人中《にんちゅう》の十八位《い》に入《はい》ってフリーに進《すす》むなんて到底無理《とうていむり》だから、ふつうは慎重策《しんちょうさく》を取《と》るだろう。

亜子《あこ》ちゃんは第《だい》三グループの第《だい》三滑走《かっそう》、葉月《はづき》さんは第《だい》六滑走《かっそう》。

第《だい》一滑走《かっそう》の選手《せんしゅ》が演技《えんぎ》を終《お》え、その得点《とくてん》が表示《ひょうじ》されたとき、はじめて自分《じぶん》がこの段階《だんかい》で二位《い》だったことを知《し》った。ちなみに、一位《い》は優羽《ゆう》ちゃんだ。

今《いま》の時点《じてん》でぬかされてるということは、漬物石《つけものいし》になりそこねちゃったたってことだね。

しばらく優羽《ゆう》ちゃんとわたしが一位《い》と二位《い》だったんだけど、あいだに割《わ》って入《はい》ったのは亜子《あこ》ちゃんだった。

ショートプログラムの曲《きょく》は『パガニーニの主題《しゅだい》による狂詩曲《きょうしきょく》』。

ピアノの繊細《せんさい》な音色《ねいろ》とオーケストラの厚《あつ》みのある音色《ねいろ》がひびき合《あ》う中《なか》、亜子《あこ》ちゃんはものすごいスピードでリンクを横切《よこぎ》っていく。

最初《さいしょ》のジャンプは、まちがいなくトリプルアクセルだろう。

助走《じょそう》を見守《みまも》っているあいだも、今朝《けさ》盗《ぬす》み聞《ぎ》きしてしまった会話《かいわ》が頭《あたま》に浮《う》かんでしまい、「亜子《あこ》ちゃん、ちゃんと朝《あさ》ご飯《はん》食《た》べられたのかな。」と心配《しんぱい》になってしまった。

後《うし》ろ向《む》きのスケーティングから体勢《たいせい》を前向《まえむ》きに変《か》えると、ジャンプの準備動作《じゅんびどうさ》として氷《こおり》から浮《う》かせていた左足《ひだりあし》を、ぐっとふみこんでとびあがる。

右足《みぎあし》を振《ふ》り上《あ》げる勢《いきお》いも回転《かいてん》の力《ちから》に変《か》えて、亜子《あこ》ちゃんは小《ちい》さな竜巻《たつまき》のように回《まわ》った。

亜子《あこ》ちゃんは「太《ふと》った。」なんていってたけど、わたしは以前《いぜん》が細《ほそ》すぎたんだと思《おも》う。

去年《きょねん》の全日本《ぜんにほん》ジュニアのときよりも、体《からだ》が大《おお》きくなったぶん、体《からだ》を空中《くうちゅう》に引《ひ》き上《あ》げるパワーが強《つよ》くなり、迫力《はくりょく》のあるジャンプになっている。

三回転回《かいてんまわ》りきっておりてきた亜子《あこ》ちゃんは、力強《ちからづよ》くふたつ目《め》のジャンプをふみきった。

やった、トリプルアクセルからのコンビネーション成功《せいこう》だ！　……と、喜《よろこ》びかけたのに、亜子《あこ》ちゃんは着氷《ちゃくひょう》でよろけるように転《ころ》んでしまった。

でも、回《まわ》りきってはいたと思《おも》うので、コンビネーションジャンプの基礎点《きそてん》はもらえるはず。

そのあとの、ステップからのトリプルループも、終《お》わり直前《ちょくぜん》のダブルアクセルもカンペキだったし、PCS《ピーシーエス》もダントツに高《たか》かったので、亜子《あこ》ちゃんは優羽《ゆう》ちゃんとわたしのあいだ、二位《い》に入《はい》ってきた。

トリプルアクセルのコンビネーションで転倒《てんとう》していなければ、ぶっちぎりの高得点《こうとくてん》で一位《い》になってたんだろうな。

亜子《あこ》ちゃんのあとにすべった選手《せんしゅ》たちも、みんなジャンプはノーミスだったんだけど、コンビネーションが三回転《かいてん》＋二回転《かいてん》だったり、ループが二回転《かいてん》だったりで、もともとの基《き》礎点《そてん》が低《ひく》いぶん、上位《じょうい》に行《い》くのはむずかしくなる。

第《だい》三グループ六番滑走《ばんかっそう》の葉月《はづき》さんは、全日本《ぜんにほん》ジュニアのときにチャレンジした構成《こうせい》ではなく、トリプルアクセルをとばずにカンペキな演技《えんぎ》をめざした。

ダブルアクセルとトリプルループをあぶなげなくとんで、後半《こうはん》に持《も》ってきたコンビネーションジャンプもカンペキに成功《せいこう》させ、一躍《いちやく》トップにおどりでた。

「なんかすごいね。あたし、フィギュアスケートのこと、ぜんぜんわからないけど、なんていうか、みんなギリギリのところで全力《ぜんりょく》をぶつけ合《あ》ってる、みたいな……。」

山下《やました》さんの言葉《ことば》に、無言《むごん》でうなずいた。

第四《だい》グループの六分間練習《ぷんかんれんしゅう》が始《はじ》まっているのに、場内《じょうない》はまだざわざわしている。

ノーミスだった葉月《はづき》さんの得点《とくてん》は、シニアの全日本選手権《ぜんにほんせんしゅけん》のショート一位《い》の点数《てんすう》とほぼ同《おな》じくらいの得点《とくてん》だったのだ。

あの全日本《ぜんにほん》では、葉月《はづき》さんは緊張《きんちょう》からかトリプルアクセルがパンクしてしまい、ショートの順位《じゅんい》は十五位《い》。

フリーで巻《ま》きかえし、ごぼうぬきして八位入賞《いにゅうしょう》はしたものの、ものすごくやしい思《おも》いをしたにちがいない。

あのときのリベンジのために、そして確実《かくじつ》にフリーに進《すす》むために、葉月《はづき》さんはトリプルじゃなくダブルアクセルを選《えら》んだ。

そして、どうしてもとびたい……とべるってことを証明《しょうめい》したかった亜子《あこ》ちゃんは、ダブルよりもトリプルを選《えら》んだ。

どちらも必死《ひっし》でギリギリの選択《せんたく》だったんだ。

「山下《やました》さんもすごいよ。フィギュアのルールとか知《し》らなくても、ちゃんと大事《だいじ》なことを感《かん》じ取《と》ってくれてるから。」

口《くち》に出《だ》そうかなって思《おも》って、なんだかはずかしくていえなかったけど、「ちゃんと見《み》てくれて、ありがとう。」って思《おも》った。


「あ、美桜《みお》ちゃんだ！　美桜《みお》ちゃん、ガンバ〜！」

フローラちゃんの声《こえ》に、視線《しせん》をリンクにもどした。

第《だい》四グループの一番滑走《ばんかっそう》として、美桜《みお》ちゃんひとりがリンク内《ない》に残《のこ》ると、客席《きゃくせき》から大歓声《だいかんせい》がわきおこった。

会場《かいじょう》に貼《は》ってあるバナーだけじゃなく、手持《ても》ちの小《ちい》さめなバナーを掲《かか》げて応援《おうえん》している人《ひと》もいる。

そういう光景《こうけい》、ノービスやジュニアの大会《たいかい》ではあまり見《み》かけないけど、ほんとにすごい人気《にんき》なんだなぁ。

「美桜《みお》ちゃん、ガンバ！」

わたしも大《おお》きな声《こえ》で声援《せいえん》を送《おく》った。

美桜《みお》ちゃんのショートは昨《さく》シーズンのフリーと同《おな》じバレエ『コッペリア』を使《つか》っているけれど、衣装《いしょう》は新調《しんちょう》していた。

美桜《みお》ちゃんもどんどん成長《せいちょう》しているから、同《おな》じのは着《き》られないもんね。

半袖《はんそで》パフスリーブの真《ま》っ赤《か》な衣装《いしょう》は、襟《えり》もとと袖口《そでぐち》とチュチュの裾《すそ》が白《しろ》いレースでふちどられている。

美桜《みお》ちゃんが演《えん》じているのは、村娘《むらむすめ》のスワニルダ。

いつも窓辺《まどべ》で本《ほん》を読《よ》んでいる美《うつく》しいコッペリアに、婚約者《こんやくしゃ》のフランツが心《こころ》ひかれている様子《ようす》を見《み》て不安《ふあん》になる。

コッペリアに会《あ》うため彼女《かのじょ》の家《いえ》に忍《しの》びこんだスワニルダは、コッペリアが実《じつ》はからくり人形《にんぎょう》だったことを知《し》る。

コッペリアを作《つく》った博士《はかせ》が帰《かえ》ってきたとき、スワニルダはコッペリアのふりをして、人《にん》形《ぎょう》に命《いのち》が宿《やど》ったと思《おも》いこませるような動《うご》きで踊《おど》りだす……。

昨《さく》シーズンのフリーでは中盤《ちゅうばん》に使《つか》っていた、人形《にんぎょう》のふりで踊《おど》る場面《ばめん》の曲《きょく》を、ショートでは最初《さいしょ》に持《も》ってきていた。

カクカクとした人形《にんぎょう》の動《うご》きの部分《ぶぶん》が少《すこ》し短《みじか》くなって、場面《ばめん》が変《か》わる瞬間《しゅんかん》に、美桜《みお》ちゃんはコンビネーションジャンプをとんだ。

女子《じょし》がとぶコンボではいちばん基礎点《きそてん》の高《たか》いトリプルルッツ＋トリプルトウループの組《く》み合《あ》わせを、美桜《みお》ちゃんは難《なん》なくとんでみせた。

残《のこ》りふたつのジャンプは後半《こうはん》に組《く》みこまれていて、最後《さいご》のダブルアクセルは『マズルカ』のリズムに乗《の》って、まるでステップの一部分《いちぶぶん》のようにとんでみせた。

美桜《みお》ちゃんが最後《さいご》のポーズで止《と》まった瞬間《しゅんかん》に、観客席《かんきゃくせき》がいっせいにガタガタと音《おと》をたてた。

ほとんどみんなが、スタオベ*のために立《た》ち上《あ》がっていたからだ。

もちろんわたしたちもみんなスタオベしていた。

葉月《はづき》さんの演技後《えんぎご》もスタオベはあったけど、演技《えんぎ》の迫力《はくりょく》に圧倒《あっとう》されて、じわじわ立《た》ち上《あ》がるような感《かん》じだった。

でも美桜《みお》ちゃんの演技後《えんぎご》は、みんな「わぁーっ！」と歓声《かんせい》をあげて、ジャンプして立《た》ち上《あ》がっている感《かん》じだ。

＊スタオベ＝スタンディング・オベーションの略《りゃく》。観客《かんきゃく》が立《た》ち上《あ》がって拍手《はくしゅ》をすること。

もしかしたら一位《い》かもしれないと思《おも》ったけど、ほんのわずかな差《さ》で美桜《みお》ちゃんが二位《い》だった。

13 塁《るい》くんの不調《ふちょう》

ショートプログラム初日《しょにち》は、日曜《にちよう》ということで見《み》にきてくれていた島崎《しまざき》さんと山下《やました》さん、フローラちゃんと北園《きたぞの》さんたちと、ほとんど一日《にち》いっしょにいた。

第《だい》四グループ後《ご》の整氷時間《せいひょうじかん》に、関係者入《かんけいしゃい》り口《ぐち》で落《お》ち合《あ》う予定《よてい》だったママに、北園《きたぞの》さんがスマホで連絡《れんらく》を取《と》ってくれたので、スムーズに合流《ごうりゅう》することができた。

それで、ママと優羽《ゆう》ちゃんのママと美桜《みお》ちゃん親子《おやこ》も合流《ごうりゅう》して、みんなで買《か》ってきたお弁当《べんとう》のお昼《ひる》ご飯《はん》を食《た》べにいった。

島崎《しまざき》さんたちは、午後《ごご》からの軽《かる》いトレーニングにもつきあってくれた。

トレーニングのあいだ会場《かいじょう》にもどって観戦《かんせん》してたらいいのに、というと島崎《しまざき》さんはハイテンションでまくしたてた。

「だって、野辺山合宿《のべやまがっしゅく》で習《なら》った陸上《りくじょう》トレーニングを生《なま》で見《み》られるなんて、めちゃくちゃ貴《き》重《ちょう》だよ！　わたしもいっしょにやりたいくらいだよ！　できないけど！」

わたしと優羽《ゆう》ちゃんが、反動《はんどう》をつけずにその場《ば》で一回転《かいてん》ジャンプを果《は》てしなく続《つづ》けるトレーニングを始《はじ》めると、島崎《しまざき》さんは食《く》い入《い》るように見《み》つめている。

そんなに見《み》てもたいしておもしろくもないと思《おも》うんだけど、島崎《しまざき》さんは筋金入《すじがねい》りのスケートオタクなんだね。


島崎《しまざき》さんたちとフローラちゃんたちは、明日学校《あしたがっこう》があるので、女子《じょし》ショートが終《お》わるとすぐ帰《かえ》っていった。

わたしたちもホテルにもどることになったとき、その日《ひ》はほとんど真子《まこ》ちゃんたちと会《あ》っていなかったことに気《き》づいた。

女子《じょし》ショートA《エー》組《ぐみ》・八グループの演技《えんぎ》がすんだあとには、少《すこ》し長《なが》めの整氷時間《せいひょうじかん》を取《と》ってから、女子《じょし》B《ビー》組《ぐみ》と男子《だんし》の公式練習《こうしきれんしゅう》がある。最終組《さいしゅうくみ》が終《お》わるのは、午後《ごご》六時半《じはん》だ。

きのうの夜《よる》、真子《まこ》ちゃんのママに「公式練習《こうしきれんしゅう》が終《お》わるまで待《ま》っててもらうのは申《もう》し訳《わけ》ないから。」といわれて、じゃあ待《ま》たずに帰《かえ》ろうってことになっていた。

たしかに今日《きょう》の夕方《ゆうがた》の公式練習《こうしきれんしゅう》には、真子《まこ》ちゃんと塁《るい》くんだけが出《で》るから、待《ま》ってるだけなら帰《かえ》ってて、というのはわかる。

でも、真子《まこ》ちゃんの出番《でばん》のなかった今日《きょう》の昼間《ひるま》は、わたしたちに合流《ごうりゅう》していっしょに観《かん》戦《せん》したらいいのに……と思《おも》っていたけど、合流《ごうりゅう》できない事情《じじょう》でもあったのかな。

公式練習《こうしきれんしゅう》を終《お》えてホテルに帰《かえ》ってきた真子《まこ》ちゃんが、八時《じ》すぎてからわたしたちの部屋《へや》をたずねてきた。

めったに見《み》たことのない不安《ふあん》げな真子《まこ》ちゃんの表情《ひょうじょう》に、どうしたのかなと思《おも》っていたら、ママが真子《まこ》ちゃんのママのところに行《い》くといって部屋《へや》を出《で》ていった。

わたしとふたりきりのほうが、真子《まこ》ちゃんも話《はな》しやすいと思《おも》ったのかな。

真子《まこ》ちゃんが話《はな》してくれたのは、わたしにはなんとなく予想《よそう》できていたことだった。

「塁《るい》が、ぜんぜんジャンプがとべなくなったの。べつにケガも病気《びょうき》もしてないし、不調《ふちょう》になる原因《げんいん》もわからないのに、何回《なんかい》とんでもタイミングが合《あ》わなくなってて……。」

金曜夕方《きんようゆうがた》の有料予約練習《ゆうりょうよやくれんしゅう》のときにチラッと思《おも》っていたことが、はっきりと現実《げんじつ》になってしまったようだった。

「かすみちゃんにいったって、どうにもならないと思《おも》うけど……だれかに聞《き》いてもらいたくて。」

真子《まこ》ちゃんが、泣《な》きそうな目《め》でわたしを見《み》つめている。

「どうにもならないことなんてないよ。たぶん、今《いま》の塁《るい》くんには、なにか大《おお》きな精神的《せいしんてき》プレッシャーになることがあって、そのせいでジャンプの感覚《かんかく》がおかしくなってるんだと思《おも》うの。わたしも、同《おな》じようにとべなくなったことがあるから。」

「そのときは、どうやってなおしたの？」

真子《まこ》ちゃんの声《こえ》のトーンが高《たか》くなり、わたしの返事《へんじ》を待《ま》ちきれないように、またたずねてきた。

「なにかいい薬《くすり》を……っていっても、今《いま》からじゃ間《ま》に合《あ》わないよね。じゃあ、催眠術的《さいみんじゅつてき》な、暗示《あんじ》にかけたり？」

「わたしの場合《ばあい》、そんな催眠術《さいみんじゅつ》とか大《おお》がかりなものじゃなくて、自分《じぶん》でも忘《わす》れていた、自《じ》分《ぶん》を助《たす》けてくれる言葉《ことば》を思《おも》いだしたの。それに加《くわ》えて、魔法《まほう》のペンダントっていう形《かたち》のある心《こころ》の支《ささ》えもあって、それに祈《いの》ると心《こころ》が落《お》ち着《つ》いて、だんだんふつうにジャンプがとべるようになって、試合《しあい》でも力《ちから》が出《だ》せるようになったんだ。」

わたしがそういうと、真子《まこ》ちゃんは一瞬《いっしゅん》、ハッ！　と目《め》を見開《みひら》いたように見《み》えた。

「……そっか、助《たす》けてくれる言葉《ことば》と、形《かたち》のある心《こころ》の支《ささ》えね。ありがとう、かすみちゃん！」

「え、わたしの場合《ばあい》はそうだったってだけで、あんまり参考《さんこう》になる気《き》がしないけど……だいじょうぶ？」

「うん、だいじょうぶ！」

急《きゅう》に明《あか》るくなった真子《まこ》ちゃんだけど、なにかいい案《あん》でも思《おも》いついたんだろうか。

来《き》たときと同《おな》じように、突然帰《とつぜんかえ》った真子《まこ》ちゃんは、部屋《へや》を出《で》て廊下《ろうか》を歩《ある》きながら、どこかに電話《でんわ》をかけているようだった。

大会三日目《たいかいみっかめ》の月曜日《げつようび》。

同《おな》じホテルに泊《と》まっていた桜《さくら》ヶ《が》丘《おか》スケートクラブと浪花《なにわ》スケートクラブのメンバーが、

偶然《ぐうぜん》同《おな》じ時間《じかん》に朝食会場《ちょうしょくかいじょう》で顔《かお》を合《あ》わせた。

わたしや美桜《みお》ちゃん、亜子《あこ》ちゃんは試合《しあい》がないし、真子《まこ》ちゃんと男子《だんし》のふたりは今日《きょう》は公式練習《こうしきれんしゅう》なしのぶっつけ本番《ほんばん》で午後《ごご》からの試合《しあい》なので、みんな朝食時間《ちょうしょくじかん》の終《お》わりごろに食《た》べにきたのだ。

テーブルが小《ちい》さいのでそれぞれ親子単位《おやこたんい》で離《はな》れてすわってるけど、遠目《とおめ》に見《み》た感《かん》じ、塁《るい》くんの様子《ようす》はいつもと同《おな》じように思《おも》えた。

特《とく》に表情《ひょうじょう》が暗《くら》いわけでも口数《くちかず》が少《すく》ないわけでもないし、取《と》ってきたおかずが山盛《やまも》りになってるのも、いつもどおりだ。

もうひとり気《き》になっている亜子《あこ》ちゃんのほうは、お母《かあ》さんや市原先生《いちはらせんせい》と笑《わら》いながらおしゃべりしているものの、朝食《ちょうしょく》トレーの上《うえ》にはオレンジジュースとサラダがのっているだけ。

やっぱりまだあまり食《た》べられないのかな。

塁《るい》くんがジャンプをとべないのもそうだけど、亜子《あこ》ちゃんがものを食《た》べられないのも、体《からだ》じゃなくて心《こころ》の問題《もんだい》なんじゃないかと思《おも》う。

だから「食《た》べなさい！」「食《た》べたほうがいいよ。」ってまわりが言葉《ことば》ですすめても、なかなか気持《きも》ちが追《お》いついてこないんじゃないかな。

ちゃんとできてたはずでほんとうはそうしたいのに、できなくなってしまったときって、こんなはずじゃないのにって思《おも》うし、悪《わる》いのは自分《じぶん》なんだって思《おも》ってしまう。

亜子《あこ》ちゃんは、体《からだ》が大《おお》きく成長《せいちょう》しても、きっときれいなジャンプがとべるはず。もしかしたら、少《すこ》しとび方《かた》を変《か》えなきゃいけなくなるかもしれないけど、それでもきっとまたとべるって、だれよりもいちばんに亜子《あこ》ちゃん自身《じしん》が信《しん》じてほしい。

「かすみ、どうしたの？　さっきからぜんぜん食《た》べてないけど。」

亜子《あこ》ちゃんや塁《るい》くんのことを考《かんが》えていたら、ぼーっとしてしまっていた。

でも、ここでわたしがひとりでグルグル考《かんが》えていても、どうにもならないよね。

「ううん、なんでもないよ。あ、ちょっとおかず取《と》りすぎちゃったかも。」

「バカねぇ。もう子《こ》どもじゃないんだから、もっとちゃんとしなさい。」

「へ？」

「自分《じぶん》が食《た》べられる量《りょう》ぐらい、わかっておきなさいってこと。」

「あ、うん、そうだね。」

ママのなにげない言葉《ことば》に、ハッとしてちょっとうれしくなった。

もう子《こ》どもじゃない、ってママがいったのは、年齢《ねんれい》のことじゃなかった。

自分《じぶん》がなにを食《た》べたいのか、どれくらい食《た》べられるのか、そういうことをママに決《き》めてもらったり聞《き》いたりするんじゃなくて、自分《じぶん》で決《き》められるようになるのも大人《おとな》に近《ちか》づいたってことなんだね。

バカねぇ、っていいながらママも笑《わら》っていたのは、以前《いぜん》ならなんでもママに聞《き》いてからいうとおりにしていたのが、いつのまにか自分《じぶん》で決《き》められるようになっていたからなのかも。

自分《じぶん》で選《えら》んだものはちゃんと自分《じぶん》で食《た》べなきゃね。

そう思《おも》って、いろいろ考《かんが》えてたことはいったん忘《わす》れて、朝《あさ》ご飯《はん》を食《た》べきることに集中《しゅうちゅう》した。

真子《まこ》ちゃんが出《で》るB組第七《びーぐみだい》グループが始《はじ》まるのは午後《ごご》一時《じ》ごろから。

朝食後《ちょうしょくご》、美桜《みお》ちゃんとお母《かあ》さんは善光寺《ぜんこうじ》に観光《かんこう》しにいくって出《で》かけたけど、わたしとママはホテルの部屋《へや》にもどった。

ゆうべ、フリーの衣装《いしょう》を確認《かくにん》していたとき、スカートについているスパンコールが取《と》れそうになっているのを発見《はっけん》したので、その修繕《しゅうぜん》をしなきゃいけなかったから。

スパンコールは、布《ぬの》の裏《うら》でひとつひとつ糸《いと》を結《むす》んで切《き》ってつけていくか、ぜったいにはがれない強力接着剤《きょうりょくせっちゃくざい》で貼《は》りつけるのが、ていねいなやり方《かた》なんだって。でも、ママは仕事《しごと》がいそがしくてあせっていたから、スパンコールをたくさんつけるときに、一本《ぽん》の長《なが》い糸《いと》を使《つか》って何個《なんこ》かまとめてぬいつけていたらしい。

それが、なにかの拍子《ひょうし》に、生地《きじ》の裏《うら》に渡《わた》っていた糸《いと》が切《き》れてしまい、スパンコールが何個《なんこ》か落《お》ちたり、何個《なんこ》かはダランとなった糸《いと》にぶらさがっているだけの状態《じょうたい》になったりしていた。

切《き》れた糸《いと》にぶらさがってるだけのスパンコールが演技中《えんぎちゅう》にリンクに落《お》ちると、ディダクション1《いち》、つまり得点全体《とくてんぜんたい》から一点《てん》引《ひ》かれてしまうんだ。

一位《い》と二位《い》の差《さ》が○・○一しかないとか、一点差《てんさ》の中《なか》に五人《にん》もひしめいてるとか、わずかの点差《てんさ》で大《おお》きく順位《じゅんい》がちがってくるのがフィギュアスケート。

なにもミスしてないのに一点減点《てんげんてん》されるなんて、おそろしすぎる。

というわけで、今日《きょう》の午前中《ごぜんちゅう》は、ママといっしょに衣装《いしょう》のスパンコールをつけなおすことになった。

取《と》れかけていたところは、いったん糸《いと》をぬいてから、ひとつひとつぬいとめていく。

スパンコールがまばらになって、キラキラ感《かん》がうすれているところにも、新《あら》たにスパンコールをぬい足《た》した。

ホテルから少《すこ》し駅前《えきまえ》よりにあるショッピングプラザの中《なか》に、ママがよく行《い》ってるのと同《おな》じ系列《けいれつ》の百円《えん》ショップがあって、同《おな》じ種類《しゅるい》のスパンコールと糸《いと》が買《か》えたのはほんとにラッキーだったよね。

手間《てま》はかかったけれど、これで明日《あした》のフリーになんの不安《ふあん》もなくのぞむことができる。

真子《まこ》ちゃんの滑走順《かっそうじゅん》はB組第《ビーぐみだい》七グループの三人目《にんめ》。

九十数人《すうにん》がエントリーしているショートプログラムも、あと十人《にん》という大《おお》づめだ。

第《だい》六グループが終《お》わった時点《じてん》でも、一位《い》・葉月《はづき》さん、二位《い》・美桜《みお》ちゃん、三位《い》・優羽《ゆう》ちゃん、という順位《じゅんい》はきのうと変《か》わっていなかった。

四位《い》が亜子《あこ》ちゃんで、五位《い》に今《いま》のところB組《ビーぐみ》では一位《い》の京都代表《きょうとだいひょう》・八坂琴音《やさかことね》さんが入《はい》り、次《つぎ》の六位《い》がわたし。もっと追《お》いぬかされてるかと思《おも》ってたけど、このままなら上位《じょうい》六人《にん》のフリー最終《さいしゅう》グループに残《のこ》れるかもしれない。

わたしより上位《じょうい》に来《き》そうな最有力候補《さいゆうりょくこうほ》が真子《まこ》ちゃんだった。

真子《まこ》ちゃんも、昨《さく》シーズンのフリーだった『ウエストサイド・ストーリー』をアレンジしてショートに使《つか》っているので、すべりなれているし曲《きょく》の理解《りかい》もバッチリだ。

衣装《いしょう》の真《ま》っ赤《か》な襟《えり》つきシャツワンピースが、真《ま》っ白《しろ》なリンクに映《は》えて、大輪《たいりん》のバラの花《はな》のよう。

リンク上《じょう》でのキリッとした表情《ひょうじょう》に赤《あか》が似合《にあ》うと思《おも》ってたけど、今《いま》ではそれに華《はな》やかな美《うつく》しさも加《くわ》わっていた。

去年《きょねん》の野辺山合宿《のべやまがっしゅく》で広《ひろ》く知《し》れわたったように、真子《まこ》ちゃんはずばぬけた運動神経《うんどうしんけい》の持《も》ち主《ぬし》だった。

昔《むかし》はバレエを習《なら》ってたけど繊細《せんさい》な表現《ひょうげん》が苦手《にがて》だったので、フィギュアのダイナミックなジャンプのほうが好《す》きなんだって、以前真子《いぜんまこ》ちゃんはいってたんだよね。決《けっ》して運動能力《うんどうのうりょく》だけがいいわけでもないと思《おも》う。

だって、タイミングよくジャンプがとべるってことは、リズム感《かん》がいいってことでもあると思《おも》うから。

エッジの角度《かくど》なんかは、そんなに深《ふか》く倒《たお》せてないかもしれないけど、ちゃんと音楽《おんがく》を感《かん》じながらすべれているように見《み》えるし。

流《なが》れるような助走《じょそう》から、真子《まこ》ちゃんが最初《さいしょ》にとんだのはトリプルトウループの連続《れんぞく》ジャンプだ。

この大会《たいかい》に出《で》ているたくさんの中学生《ちゅうがくせい》スケーターの中《なか》で、いちばん才能《さいのう》があるのは真子《まこ》ちゃんかもしれないと思《おも》う。

だけど、天才《てんさい》とか才能《さいのう》があるなんて言葉《ことば》は、かんたんに口《くち》にしてはいけないとも思《おも》う。

だれよりも才能《さいのう》があることはたしかなことだと思《おも》うけど、その才能《さいのう》が目覚《めざ》めて大《おお》きく育《そだ》っていくように、真子《まこ》ちゃんが毎日《まいにち》努力《どりょく》を続《つづ》けたからこそ、今《いま》こうやって活躍《かつやく》できてるんだから。

なんだかもう、安心《あんしん》して見《み》ていられるなぁ……と思《おも》っていたら、ステップからのループジャンプが、三回転《かいてん》の予定《よてい》が二回転《かいてん》になってしまった。

それでも、他人《たにん》が見《み》てわかるミスはそれひとつだけ。

B組《ビーぐみ》まで全員《ぜんいん》すべり終《お》わっての最終順位《さいしゅうじゅんい》で、真子《まこ》ちゃんは十位《い》につけていた。


男子《だんし》ショートの前《まえ》に、女子《じょし》フリーの滑走順抽選会《かっそうじゅんちゅうせんかい》があったので、そこで会《あ》った仲《なか》のいいメンバーで連《つ》れ立《だ》って観客席《かんきゃくせき》にもどる。

男子《だんし》ショートのあと、フリーのグループ分《わ》けでの公式練習《こうしきれんしゅう》があるので、みんな帰《かえ》らずにこのまま観戦《かんせん》することになった。

男子《だんし》ジュニアの上位陣《じょういじん》、全日本《ぜんにほん》ジュニア優勝《ゆうしょう》の桜沢輪《さくらざわりん》くんや、わたしたちのリンクメートの田之上秋人《たのうえあきと》くんたちは高校生《こうこうせい》なので、もちろん全中《ぜんちゅう》には出《で》ていない。

全日本《ぜんにほん》ノービスで優勝《ゆうしょう》した信原《のぶはら》くんも、ノービスA《エー》一年目《ねんめ》の小学《しょうがく》六年生《ねんせい》なのでここにはいない。

ということで、男子《だんし》の優勝《ゆうしょう》はフィギュア歴《れき》は浅《あさ》いけど、ものすごい勢《いきお》いで成長《せいちょう》している小池和真《こいけかずま》くんと、ノービスA《エー》なのにトリプルアクセルがとべる塁《るい》くんの、ふたりで争《あらそ》われると思《おも》われていた。

和真《かずま》くんより先《さき》に、第《だい》二グループに登場《とうじょう》した塁《るい》くんは、めずらしく笑顔《えがお》がないままリンクの上《うえ》に立《た》っていた。

手《て》をにぎってなにか声《こえ》をかけている木谷先生《きたにせんせい》に、小《ちい》さくうなずいているけど、目《め》が泳《およ》いでいるし表情《ひょうじょう》も硬《かた》い。

「塁《るい》くん、ガンバー！」

となりにいた美桜《みお》ちゃんと優羽《ゆう》ちゃんが、声《こえ》をそろえてさけんだ。

わたしも少《すこ》し遅《おく》れて「ガンバ〜！」とさけぶ。

真子《まこ》ちゃんのいったとおりなら、きのうの公式練習《こうしきれんしゅう》でジャンプ全滅《ぜんめつ》したあと、リンクで練習《れんしゅう》する機会《きかい》もないまま、今《いま》から本番《ほんばん》ですべらなきゃいけないってことだよね。

それはちょっと不安《ふあん》すぎるよ。

祈《いの》るように両手《りょうて》を組《く》んで見《み》ていたとき、男《おとこ》の人《ひと》の声援《せいえん》がひときわ大《おお》きくひびいた。

「塁《るい》〜がんばれよ〜、負《ま》けるな、塁《るい》！」

その声《こえ》が聞《き》こえた瞬間《しゅんかん》、塁《るい》くんがハッと顔《かお》を上《あ》げた。

おどろいた表情《ひょうじょう》なのに、少《すこ》し泣《な》きそうで、ちょっとだけ吹《ふ》きだしそうにも見《み》えた。

塁《るい》くんは、木谷先生《きたにせんせい》とつないだ手《て》をブンッと振《ふ》って大《おお》きくうなずいて、リンク中央《ちゅうおう》にすべりだしていった。

軽快《けいかい》なリズムに乗《の》り、カウボーイ姿《すがた》の塁《るい》くんは、まるで馬《うま》で駆《か》けていくようなスピードでリンクをつっきった。

迷《まよ》いのない助走《じょそう》から、高《たか》く勢《いきお》いよくとびあがってコマのように回転《かいてん》する。

すごい！　いつもの塁《るい》くんのトリプルアクセルが帰《かえ》ってきた！

と、思《おも》ったんだけど、わずかに回転《かいてん》の軸《じく》が傾《かたむ》いてしまっていて、着氷《ちゃくひょう》でこらえきれずに転《ころ》んでしまった。

惜《お》しい〜！　でもでも、きのうまでぜんぜんとべなかったっていうのに、三回転半回《かいてんはんまわ》りきったのはすごいことだよ。

みんなそう思《おも》ってホッとしていたんだけど、演技終了近《えんぎしゅうりょうちか》くの最後《さいご》のジャンプで、思《おも》いがけないことがおこった。

ステップからのトリプルループ、前《まえ》までは難《なん》なくとべていたはずなのに。

ふみきった瞬間《しゅんかん》に、タイミングが合《あ》ってなくて高《たか》くとびあがれてないのがわかった。三回転《かいてん》のはずが二回転《かいてん》しかできずに、バランスをくずしたままの着氷《ちゃくひょう》では、またこらえきれずに転倒《てんとう》していた。

シニア男子《だんし》ではショートの単独《たんどく》ジャンプは三回転《かいてん》以上《いじょう》なければ0点《てん》になるけど、ジュニアはダブルでも得点《とくてん》はもらえる。

だけど、基礎点《きそてん》が三点以上《てんいじょう》もちがううえに、転倒《てんとう》の減点《げんてん》一もあるので、かなりの得点減《とくてんげん》になってしまう。

すべり終《お》えてキスクラにもどってきた塁《るい》くんは、放心《ほうしん》したようにぼーっとすわっているだけだ。

まさか、フリーに進《すす》めないなんてこと、ないよね？

だって、トリプルアクセルは回転《かいてん》できてたし、コンビネーションもいつもどおりにとべてたんだから。

塁《るい》くんの最終的《さいしゅうてき》なショートの順位《じゅんい》は十三位《い》で、よゆうでフリーに進出《しんしゅつ》できていた。

でも、優勝《ゆうしょう》をねらっていた大会《たいかい》なのに、フリーの第《だい》一グループですべるのは、すごくくやしいことかもしれない。

男子《だんし》ショートが終《お》わったあと、女子《じょし》の公式練習《こうしきれんしゅう》のためにリンク裏通路《うらつうろ》を更衣室《こういしつ》に向《む》かっていたとき、更衣室《こういしつ》からキャリーケースを引《ひ》っぱって出《で》てきた塁《るい》くんとすれちがった。

「あ、塁《るい》、ちょっと待《ま》って。ママが客席《きゃくせき》で公式練習《こうしきれんしゅう》見《み》てるから、さがして声《こえ》かけてってっていってた。」

真子《まこ》ちゃんがそういってよびとめたのに、塁《るい》くんは無表情《むひょうじょう》で関係者出口《かんけいしゃでぐち》のほうに歩《ある》いていく。

「ちょっとぉ、ひとりで先《さき》に帰《かえ》る気《き》なの？」

ムッとした口調《くちょう》でいった真子《まこ》ちゃんを、塁《るい》くんはチラッとだけ振《ふ》りかえってつぶやいた。

「帰《かえ》る……おれ、東京《とうきょう》に帰《かえ》るよ。」

なにそれ、東京《とうきょう》に帰《かえ》るって、どういう意味《いみ》？

みんな一瞬頭《いっしゅんあたま》が真《ま》っ白《しろ》になって、言葉《ことば》を失《うしな》っていた。

14 あきらめない強《つよ》さって？

塁《るい》くんの爆弾発言《ばくだんはつげん》から、いちばん早《はや》く復活《ふっかつ》したのは美桜《みお》ちゃんだった。

「今《いま》から東京《とうきょう》に帰《かえ》るって、どういうことよ。まさか、棄権《きけん》でもする気《き》？」

「うん、棄権《きけん》する。」

うつむいてつぶやくその姿《すがた》は、いつも元気《げんき》な塁《るい》くんとは別人《べつじん》のようだった。

「ちゃんとフリーに進《すす》めたのに、どうして棄権《きけん》なんかするのよ？」

美桜《みお》ちゃんといっしょに塁《るい》くんをかこんで、ジリジリと追《お》いつめながら、真子《まこ》ちゃんがいった。

「棄権《きけん》するだけじゃないよ。おれもう、フィギュアやめるから。」

塁《るい》くんのその答《こた》えに、美桜《みお》ちゃん真子《まこ》ちゃんだけでなく、その場《ば》にいた何人《なんにん》かが悲鳴《ひめい》をあげた。

わたしも、声《こえ》は出《で》なかったけど、思《おも》わず口《くち》もとを両手《りょうて》で押《お》さえていた。

「なにそれ、どういうこと？　棄権《きけん》よりもっとわかんないよ。なんでやめなきゃいけないの!?」

泣《な》きそうになりながらつめよる真子《まこ》ちゃんから、塁《るい》くんは苦《くる》しそうな顔《かお》で目《め》をそらした。

「だって……もうぜったいに優勝《ゆうしょう》は無理《むり》だし。おれ、この大会《たいかい》、全中《ぜんちゅう》で優勝《ゆうしょう》できなかったら、フィギュアやめるって、決《き》めてたんだ。」

なにそれ、どういうこと!?

わたしも心《こころ》の中《なか》で真子《まこ》ちゃんと同《おな》じフレーズを絶叫《ぜっきょう》していた。

全中《ぜんちゅう》で優勝《ゆうしょう》できなかったらフィギュアやめるって……なにがどうしてそうなったのか、ぜんぜん見《み》えてこないよ。

通路《つうろ》にいた人《ひと》たちみんながざわつきだしたとき、わたしたちを遠巻《とおま》きにしてできていた人《ひと》の輪《わ》の中《なか》に、だれかが一歩《ぽ》ふみだした。

「ごめん。塁《るい》がそんなアホなことといいだしたのは、たぶんおれのせいや。」

こまったように首《くび》をかしげながらそういったのは、いつも無口《むくち》でほとんど声《こえ》を聞《き》いたこともない、小池和真《こいけかずま》くんだった。

人通《ひとどお》りの邪魔《じゃま》になるからと、一般客用《いっぱんきゃくよう》ロビーはしの長《なが》いすに場所《ばしょ》を移動《いどう》して、和真《かずま》くんの話《はなし》を聞《き》いた。

わたしと美桜《みお》ちゃんは最終《さいしゅう》グループ、真子《まこ》ちゃんは第《だい》二グループだから、公式練習《こうしきれんしゅう》までまだ少《すこ》し時間《じかん》はある。

和真《かずま》くんが「おれのせい」だといったのは、「自分《じぶん》がうかつに昔話《むかしばなし》をしたせいで、塁《るい》くんが影響《えいきょう》されてしまった。」ということらしかった。

実《じつ》はずっとスケートを習《なら》いたかったけど、お家《うち》の経済的《けいざいてき》な事情《じじょう》で、和真《かずま》くんは地元《じもと》のスケートクラブに入《はい》ることができなかった。それでも、近《ちか》くのリンクに年《ねん》に数回通《すうかいかよ》うだけで、見《み》よう見《み》まねですべれるようになったんだって。

この話《はなし》だけでも、確実《かくじつ》にすごい才能《さいのう》だってわかるよね。

でも、小《しょう》六のときにそのリンクが閉鎖《へいさ》になったので、貯《た》めてたお年玉《としだま》を取《と》りくずして、少《すこ》し遠《とお》くのスケートリンクの初心者教室《しょしんしゃきょうしつ》に通《かよ》うことにした。

そこで、初心者《しょしんしゃ》らしからぬすべりに（特《とく》にスピンに）ひかれたコーチの桜沢先生《さくらざわせんせい》にスカウトされ、選手《せんしゅ》としてスケートクラブに入《はい》り、コーチの家《いえ》で下宿生活《げしゅくせいかつ》を始《はじ》めることになった。

そのとき、わたしが夏野《なつの》さんのお世話《せわ》になっているように、和真《かずま》くんのスケートにかかる費用《ひよう》も、桜沢先生《さくらざわせんせい》が出《だ》してくれるということになったんだけど。

和真《かずま》くんのお母《かあ》さんが、もしほんとうは才能《さいのう》がなかったとしたら、いつまでもご迷惑《めいわく》をかけてはいけないので、小《ちい》さな大会《たいかい》でもいいから一年以内《ねんいない》に優勝《ゆうしょう》しなければスケートはやめさせる――という条件《じょうけん》をつけたんだそうだ。

桜沢先生《さくらざわせんせい》は最初《さいしょ》、いちばんはじめに取《と》る「初級《しょきゅう》」のカテゴリーがある大会《たいかい》に出《で》て、とりあえず優勝《ゆうしょう》すればいいと思《おも》っていた。

なのに、和真《かずま》くんの上達《じょうたつ》が早《はや》すぎて、ついどんどん上《うえ》の級《きゅう》を取《と》らせたくなってしまって、いつも、確実《かくじつ》に優勝《ゆうしょう》できるレベルより何段階《なんだんかい》も上《うえ》の級《きゅう》で戦《たたか》うことになり、結局《けっきょく》一年以《ねんい》内《ない》に優勝《ゆうしょう》するのは不可能《ふかのう》になった。

でも、今《いま》もまだ和真《かずま》くんが大会《たいかい》に出続《でつづ》けているということは、お母《かあ》さんがその条件《じょうけん》を撤《てっ》回《かい》してくれたということ。

本格的《ほんかくてき》に習《なら》いはじめて一年目《ねんめ》で全日本《ぜんにほん》ジュニアに出《で》て、あの瀬賀《せが》くんがベタぼめしたという伝説《でんせつ》の名演技《めいえんぎ》を目《ま》の当《あ》たりにして、お母《かあ》さんもやっと和真《かずま》くんの才能《さいのう》に懸《か》けてみることに決《き》めた。

ぽつりぽつりと語《かた》ってくれた、和真《かずま》くんの話《はなし》をまとめるとこんな感《かん》じかな。

うっすらとは聞《き》いたことのある話《はなし》だけど、あらためて聞《き》いてみると、和真《かずま》くんの天才《てんさい》っぷりは真子《まこ》ちゃん以上《いじょう》のレベルかもしれない。

全日本《ぜんにほん》ジュニアでの演技《えんぎ》はわたしも生《なま》で見《み》たけれど、あれが本格的《ほんかくてき》に習《なら》いはじめて丸《まる》一年《ねん》ぐらいの人《ひと》の演技《えんぎ》だったなんて、まったく信《しん》じられない。

「でもさ、なんで塁《るい》が和真《かずま》くんのまねをする必要《ひつよう》があるの？　塁《るい》には、期限《きげん》を切《き》ってあきらめなきゃいけないような理由《りゆう》、なにもないでしょ。」

真子《まこ》ちゃんにいわれて、革張《かわば》りの長《なが》いすの上《うえ》で膝《ひざ》をかかえていた塁《るい》くんが、顔《かお》をふせたままいった。

「理由《りゆう》、なくないよ。おれ、ほんとは、スケートも野球《やきゅう》も、どっちも好《す》きで。父《とう》さんは野《や》球《きゅう》を応援《おうえん》してくれるし、母《かあ》さんはおれがスケートでいい成績《せいせき》取《と》ると喜《よろこ》んでくれて……ほんとはずっと、どっちも続《つづ》けてたかったんだ……。」

塁《るい》くんが小《ちい》さいときからスケートクラブと同時《どうじ》に野球《やきゅう》チームにも入《はい》っていたことは、わたしも聞《き》いている。

野球《やきゅう》チームの仲間《なかま》にたのまれて、試合《しあい》に助《すけ》っ人《と》で出《で》ているのを見《み》にいったときは、ものすごくじょうずでおどろいた。

でも、お母《かあ》さんが元気《げんき》なころは野球《やきゅう》にもスケートにも送《おく》り迎《むか》えしてくれていたけど、病《びょう》気《き》で急《きゅう》に亡《な》くなってしまって、両方《りょうほう》は無理《むり》だってことになったとき、お父《とう》さんの意思《いし》に従《したが》ってスケートに決《き》めたとも聞《き》いたことがある。

お店《みせ》をしながら両方《りょうほう》に送《おく》り迎《むか》えは無理《むり》だから、いとこの真子《まこ》ちゃんといっしょに通《かよ》えるスケートのほうをきっと選《えら》んだんだよね。

でも、塁《るい》くんはほんとは両方続《りょうほうつづ》けたかったんだね。

「両方続《りょうほうつづ》けるのは無理《むり》だってことぐらい、わかってる。だから、母《かあ》さんが好《す》きだったスケートをがんばって、いつか母《かあ》さんが夢見《ゆめみ》てた全日本《ぜんにほん》チャンピオンになるんだ……おれ、自分《じぶん》ならぜったいになれるって、そう思《おも》ってた。」

とちゅうで泣《な》きはじめてしまった塁《るい》くんは、ズズーッと大《おお》きな音《おと》をたててはなをすった。

「だ、だけど、おれ、ぜんぜん優勝《ゆうしょう》できてないし。……ノービスも、ジュニアも、『全日《ぜんに》本《ほん》チャンピオン』になれるチャンスあったのに、全部《ぜんぶ》ダメだった……。おれ、才能《さいのう》なんかないんだ。なにやっても裏目《うらめ》に出《で》て、みんなに……かすみちゃんにも、迷惑《めいわく》かけちゃうし……。」

「え？　そんな、わたしべつに、塁《るい》くんに迷惑《めいわく》かけられたことなんて、ないよ。」

あわてていったけど、塁《るい》くんは激《はげ》しく首《くび》を横《よこ》に振《ふ》った。

「この前《まえ》の、トリプルアクセルの動画《どうが》、おれが勝手《かって》にネットにアップしたせいで、かすみちゃんが、いわれなくてもいい悪口《わるくち》いわれて、すっごく傷《きず》つけたと思《おも》う。」

「いや、ほんとに、わたしはぜんぜん、だいじょうぶっていうか、スマホ持《も》ってないから、ちゃんと見《み》てないし……。」

それに、あの動画事件《どうがじけん》があったから、また瀬賀《せが》くんとスカイプで話《はな》せたってのもあるし。

ほんとに塁《るい》くん、気《き》にしすぎだよ。

「塁《るい》がみんなに迷惑《めいわく》かけたかどうかは、この際置《さいお》いといて……どうして全中《ぜんちゅう》で優勝《ゆうしょう》できないと、やめなきゃいけないのか、理由《りゆう》を教《おし》えて。」

イライラした口調《くちょう》で真子《まこ》ちゃんがいった。

そうだった、話《はなし》がどうなってそこにつながってるのか、よくわからない。

「おれ、和真《かずま》くんの話聞《はなしき》いたときに、思《おも》ったんだ。おれも、一シーズンのあいだに『全日本《ぜんにほん》チャンピオン』になれなかったら、やめることにしようって。この大会《たいかい》は全国《ぜんこく》の中学生《ちゅうがくせい》が出《で》てるんだから、『中学《ちゅうがく》の全日本《ぜんにほん》チャンピオン』っていえるだろ？　だから、この大会《たいかい》が今《こん》シーズン最後《さいご》のチャンスで、もう優勝《ゆうしょう》できる可能性《かのうせい》がなくなったから、おれはここでやめる……。」

塁《るい》くんがしゃべっているとちゅうに、空気《くうき》がビリビリふるえるくらい、大《おお》きなどなり声《ごえ》がひびいた。

「バッカ野郎《やろう》が〜!! 前《まえ》からバカだバカだとは思《おも》っていたが、これほどまでとは思《おも》わなかったぞ。」

「と、父《とう》さん! やっぱり来《き》てたんだ。さっきの声《こえ》、似《に》てるけどお店《みせ》があるから来《こ》られないはずだし、空耳《そらみみ》だと思《おも》ってた。」

涙《なみだ》ぐみながら少《すこ》し笑顔《えがお》になった塁《るい》くんの頭《あたま》を、お父《とう》さんは一瞬《いっしゅん》ペシッとたたいてからグリグリなでまわした。

「今日《きょう》と明日《あした》、店《みせ》を休《やす》みにして応援《おうえん》にきたんだからな。棄権《きけん》なんて、もったいないこというな。ちゃんと応援《おうえん》させろよ。」

「う、うん……。」

泣《な》き笑《わら》いの表情《ひょうじょう》をしてる塁《るい》くんを見《み》ていると、スケートやめるなんていいだしたのは、もしかしたらお父《とう》さんにも見《み》にきてほしかったっていうのも原因《げんいん》のひとつかもしれないと思《おも》った。

ショートが始《はじ》まる前《まえ》、お父《とう》さんだったと思《おも》うひときわ大《おお》きな声《こえ》がした瞬間《しゅんかん》に、塁《るい》くんの顔《かお》つきがたしかに変《か》わっていたもの。

塁《るい》くんのお父《とう》さんは、頭《あたま》をなでながら言葉《ことば》を続《つづ》けた。

「母《かあ》さん、よくいってたよな。『塁《るい》は、きっといつか全日本《ぜんにほん》チャンピオンに……ううん、世界《せかい》チャンピオンにだってなれる。』って。そういってたほんとうの意味《いみ》はなぁ、チャンピオンにならなきゃゆるさねえっていうのとは、まったく別《べつ》の話《はなし》だ。チャンピオンになれるような才能《さいのう》があるっていうわけじゃなくて、チャンピオンをめざしてあきらめずに努力《どりょく》し続《つづ》けられる強《つよ》さを、塁《るい》はきっと持《も》っている……母《かあ》さんは、そういってたんだよ。だからなぁ、いつまでにチャンピオンになれ、なんて、母《かあ》さんは思《おも》っちゃいねえよ。」

頭《あたま》をなでられていた塁《るい》くんは、ハッとしたように顔《かお》を上《あ》げたけど、すぐまた不安《ふあん》そうに顔《かお》をゆがめてうつむいた。

「でもおれ、やっぱり自信《じしん》ない……母《かあ》さんが思《おも》ってくれてたような強《つよ》さなんて、おれにあんのかなぁ……。」

塁《るい》くんの頭《あたま》から手《て》をはなして、お父《とう》さんは顔《かお》をのぞきこむように腰《こし》をかがめた。

「自信《じしん》がなくても、強《つよ》くなくても、今《いま》はまだいいじゃねえか。ほんとうに自分《じぶん》で納得《なっとく》いくまで、ずっとあきらめずにめざし続《つづ》けていれば、自信《じしん》も強《つよ》さもそのうち持《も》てるようになる。おれだけの意見《いけん》じゃねえ、母《かあ》さんだって同《おな》じように思《おも》ってるはずだからな。」

お父《とう》さんと見《み》つめ合《あ》う塁《るい》くんの瞳《ひとみ》に、明《あか》るい輝《かがや》きがもどりはじめていた。

「お、おれ……ほんとは、まだ、納得《なっとく》してない。だから、チャンピオン……あきらめたく、ないよ！」

大声《おおごえ》でそういうと、うぅ〜、とうなるような声《こえ》をあげながら、塁《るい》くんはお父《とう》さんの腕《うで》にしがみついた。

すぐにわぁわぁ泣《な》きだしたのを見《み》て、みんなホッとするのと同時《どうじ》に、ほぼ全員《ぜんいん》がもらい泣《な》きしてしまっていた。

15 思《おも》うとおりに、思《おも》いっきり

二月六日火曜日《がつむいかかようび》。

全中《ぜんちゅう》こと全国中学校《ぜんこくちゅうがっこう》スケート大会《たいかい》も四日目《よっかめ》を迎《むか》え、フィギュアもスピードも今日《きょう》ですべての競技《きょうぎ》が終了《しゅうりょう》する。

男子約《だんしやく》三十名《めい》、女子約《じょしやく》九十名《めい》という大人数《おおにんずう》が参加《さんか》していたフィギュアスケート競技《きょうぎ》では、男女《だんじょ》ともにショートプログラムの上位《じょうい》十八名《めい》だけが、最終日《さいしゅうび》のフリースケーティングに出場《しゅつじょう》できる。

火曜日《かようび》というバリバリの平日《へいじつ》だし、競技《きょうぎ》に出場《しゅつじょう》する選手《せんしゅ》の数《かず》も少《すく》ないにもかかわらず、観客席《かんきゃくせき》はけっこう混雑《こんざつ》している。

リンクのショートサイド側《がわ》の観客席《かんきゃくせき》は、招待《しょうたい》された長野市内《ながのしない》の中学生《ちゅうがくせい》たちでうまっていた。

わたしたち桜ヶ丘《さくらがおか》スケートクラブと浪花《なにわ》スケートクラブの女子代表選手《じょしだいひょうせんしゅ》四人《にん》は、ウォーミングアップの合間《あいま》をぬって男子《だんし》フリーを見《み》にきていた。

一般客《いっぱんきゃく》の邪魔《じゃま》にならないよう席《せき》にはすわらず、すぐにぬけられるように客席最上段《きゃくせきさいじょうだん》からリンクを見《み》おろしている。


男子《だんし》フリー、第《だい》一グループの六分間練習《ぷんかんれんしゅう》が始《はじ》まった。

フリーの滑走順《かっそうじゅん》は、十八位中《いちゅう》の下位《かい》から六人《にん》が第《だい》一グループになり、その六人《にん》の中《なか》の滑《かっ》走順《そうじゅん》は抽選《ちゅうせん》で決《き》まる。

ショート十三位《い》だった塁《るい》くんは、ギリギリで第《だい》二グループに入《はい》れず最初《さいしょ》のグループになったんだけど、抽選《ちゅうせん》のクジ運《うん》が悪《わる》く一番滑走《ばんかっそう》になってしまった。

どの滑走順《かっそうじゅん》がよいのかよくないのかは個人差《こじんさ》があるけど、みんなたいていグループ内《ない》の最終滑走《さいしゅうかっそう》（六番目《ばんめ》）はイヤだという。

せっかく六分間練習《ぷんかんれんしゅう》でウォーミングアップして体《からだ》をあたためたのに、自分《じぶん》のすべる番《ばん》が来《く》るまで時間《じかん》がかかるので、また体《からだ》が冷《ひ》えてしまうからだ。

最後《さいご》の次《つぎ》になりたくないといわれているのが一番滑走《ばんかっそう》。

こっちは主《おも》に、緊張《きんちょう》するからイヤという精神的《せいしんてき》な理由《りゆう》が多《おお》い。

メンタルが強《つよ》い人《ひと》の中《なか》には、体《からだ》があたたまっているうちにすべれるから、一番滑走《ばんかっそう》が好《す》きだという人《ひと》もいる。

たぶん塁《るい》くんは、一番滑走《ばんかっそう》が好《す》きなタイプだと思《おも》う。

練習《れんしゅう》したあとに裏《うら》で出番《でばん》を長《なが》いこと待《ま》つより、先《さき》にパーッとすべっちゃったほうが楽《らく》だよ、っていいそう。

練習時間《れんしゅうじかん》が終《お》わり、木谷先生《きたにせんせい》と手《て》すりごしに話《はな》してるあいだも、すぐにでもすべりだしたくてワクワクしているように見《み》えた。

ショートの前《まえ》の表情《ひょうじょう》とは、別人《べつじん》のように明《あか》るくなっている。

この大会《たいかい》でチャンピオンにならなければやめる、なんてバカな考《かんが》えを捨《す》てたことで、いろいろ吹《ふ》っきれたように見《み》えた。

名前《なまえ》をコールされ、両手《りょうて》をひろげてリンク中央《ちゅうおう》にすべっていく塁《るい》くんに、あちこちから声援《せいえん》がとんだ。

今日《きょう》は「せぇの〜！」でみんな声《こえ》をそろえて、いつもの言葉《ことば》を送《おく》った。

「塁《るい》くん、ガンバ〜!!」

わたしたちに気《き》づいてくれたのか、塁《るい》くんはチラッとこっちを見《み》ながらほほえんだ。

出会《であ》ったときはチビだったのに、いつのまにかわたしたちより背《せ》が高《たか》くなった塁《るい》くんには、黒《くろ》いタキシード風《ふう》の衣装《いしょう》がとても似合《にあ》っている。

曲《きょく》は『こうもり序曲《じょきょく》』(正《ただ》しくはオペレッタ『こうもり』の序曲《じょきょく》)。

軽快《けいかい》で華《はな》やかな曲調《きょくちょう》は、明《あか》るくはつらつとした塁《るい》くんのスケーティングとぴったりだ。

少《すこ》し弧《こ》を描《えが》くようにリンクの対角線上《たいかくせんじょう》をすべっていって、勢《いきお》いよく前向《まえむ》きにふみきってとびあがる。

すごい！　今《いま》まで見《み》た塁《るい》くんのジャンプのうち、練習《れんしゅう》をふくめた全部《ぜんぶ》の中《なか》でも、いちばん美《うつく》しくて力強《ちからづよ》いトリプルアクセルだ。

続《つづ》くジャンプは、トリプルルッツ＋トリプルトウループのコンビネーション。これまた、GOE《ジーオーイー》の加点《かてん》がたくさんつきそうな、質《しつ》のいいジャンプ。

観客《かんきゃく》の人《ひと》たちは、中学生《ちゅうがくせい》だけの大会《たいかい》の、しかも第《だい》一グループで、こんなすごいレベルのジャンプが見《み》られるとは思《おも》ってもいなかっただろう。

今日《きょう》の塁《るい》くんは、とぶジャンプとぶジャンプ、ことごとくクリーンに決《き》めていく。

プログラムの後半《こうはん》に入《はい》ったころ、塁《るい》くんはまた長《なが》めの助走《じょそう》を取《と》ると、前向《まえむ》きに氷《こおり》をふみきった。

もう一度《いちど》トリプルアクセル――ということは、こっちはコンビネーションになるはず。

三回転半《かいてんはん》から三回転《かいてん》トウループへと続《つづ》く、スムーズな連続《れんぞく》ジャンプは豪快《ごうかい》なだけでなくとても美《うつく》しい。

ほんとに、きのうまでの不調《ふちょう》はなんだったのか、と思《おも》うくらい絶好調《ぜっこうちょう》だった。

たぶんだけど、ずっとチャンピオンになれなくて今回《こんかい》はぜったいチャンピオンにならなければ――というプレッシャーを自分自身《じぶんじしん》でかけていたことで、ほんとうにイップスのような状態《じょうたい》になってしまっていたんだろうな。

プレッシャーに感《かん》じていたことが解消《かいしょう》されたことで、思《おも》う存分《ぞんぶん》すべれるようになったんだと思《おも》う。

全日本《ぜんにほん》ジュニアで見《み》たときと構成《こうせい》は同《おな》じなのに、失敗《しっぱい》がなくなり全体《ぜんたい》の流《なが》れがスムーズになったことで、演技《えんぎ》と曲《きょく》が一体化《いったいか》したようだ。

カンペキな演技《えんぎ》をした塁《るい》くんに、この日最初《ひさいしょ》のスタオベがおこった。

思《おも》わず二度見《にどみ》するほどの高得点《こうとくてん》をたたきだした塁《るい》くんは、最終《さいしゅう》グループの和真《かずま》くんの出番《でばん》が来《く》るまでのあいだ、超特大《ちょうとくだい》の漬物石《つけものいし》になっていたのだった。

和真《かずま》くんはスケートを本格的《ほんかくてき》に始《はじ》めたのが遅《おそ》かったこともあり、ジャンプのレベルとしてはトリプルアクセルがやっととべるかとべないかぐらいなので、技術点《ぎじゅつてん》だけ見《み》れば圧倒《あっとう》的《てき》に塁《るい》くんが上《うえ》だった。

和真《かずま》くんの高《たか》いPCS《ピーシーエス》を合《あ》わせても、フリーだけの得点《とくてん》では塁《るい》くんのほうが上《うえ》だったし。

ほんとに惜《お》しかったよねぇ。「たられば」はよくないっていうけど、「ショートのできがもう少《すこ》しよかったら……。」と思《おも》わずにはいられない。

男子《だんし》フリーのあと、女子最終《じょしさいしゅう》グループ直前《ちょくぜん》の整氷時間《せいひょうじかん》までは、それぞれ通路《つうろ》を走《はし》ったりその場《ば》でジャンプしたり、思《おも》い思《おも》いにウォーミングアップをしてすごす。

あ、ウォーミングアップだけじゃなくて、第《だい》二グループのこれまた一番滑走《ばんかっそう》になった真《ま》子《こ》ちゃんを応援《おうえん》しに、ちょこっとだけ客席《きゃくせき》にもどったりもした。

真子《まこ》ちゃんのフリー『少林少女《しょうりんしょうじょ》』は、映画自体《えいがじたい》はマイナーであまり知《し》られていないのに、独特《どくとく》な中華風《ちゅうかふう》のメロディーと真子《まこ》ちゃんのかわいいカンフー服《ふく》が今日《きょう》も注目《ちゅうもく》をあびていた。

とびはねるような太鼓《たいこ》のリズムに乗《の》って、白《しろ》い氷《こおり》の上《うえ》を黄色《きいろ》いつむじ風《かぜ》が駆《か》けぬけていく。

助走《じょそう》のスピードを落《お》とさないままとぶ、思《おも》いきりのよいトリプルトウループ＋トリプルトウループの連続《れんぞく》ジャンプは、見《み》てて気持《きも》ちがスッとするような爽快感《そうかいかん》がある。ステップのときのエッジの傾《かたむ》きぐあいや、スピンのビールマンポジションに移《うつ》るとき少《すこ》しスピードが落《お》ちたり――欠点《けってん》がなにも見《み》あたらないわけじゃないけど。

それでも、フィギュアスケートを習《なら》いはじめてからの年数《ねんすう》を考《かんが》えると、三回転《かいてん》ジャンプをとぶだけでもすごいのに、コンボまでとべるっていうのはほんとにもう「天才《てんさい》だ！」としかいえないよ（真子《まこ》ちゃん本人《ほんにん》はいやがっているので、面《めん》と向《む》かっていうことはないけど）。

映画《えいが》のストーリーがラストに向《む》かっていくところの、壮大《そうだい》な音楽《おんがく》に乗《の》って演《えん》じられる拳法風《けんぽうふう》のアクションを取《と》り入《い》れたサーキュラーステップに、客席《きゃくせき》から拍手《はくしゅ》がわきおこる。ジャンプやスピン以外《いがい》のところで拍手《はくしゅ》がおこるのは、めずらしいことだった。

それだけ、お客《きゃく》さんみんなが真子《まこ》ちゃんの演技《えんぎ》に引《ひ》きこまれているってことだよね。

一か所《しょ》だけ三回転《かいてん》ループが二回転《かいてん》になってしまったミスがあっただけで、一般《いっぱん》のお客《きゃく》さんから見《み》ればほとんどノーミスで真子《まこ》ちゃんは演技《えんぎ》を終《お》えた。

その時点《じてん》ではもちろんダントツの一位《い》。

このあと、この点数《てんすう》をこえる選手《せんしゅ》が何人《なんにん》出《で》てくるかによって、最終的《さいしゅうてき》な順位《じゅんい》が決《き》まる。

思《おも》わずただのお客《きゃく》さん目線《めせん》で感動《かんどう》しながら見《み》てしまったけど、真子《まこ》ちゃんのこの点数《てんすう》をこえなければ、表彰台《ひょうしょうだい》も優勝《ゆうしょう》も見《み》えてこないのだ。

女子《じょし》フリーの出場選手《しゅつじょうせんしゅ》十二人《にん》の演技《えんぎ》が終《お》わり、氷面《ひょうめん》を整《ととの》えていた整氷車《せいひょうしゃ》が倉庫《そうこ》に帰《かえ》っていくのを、リンクサイドから見送《みおく》る。

フェンスのゲートの前《まえ》では、最終《さいしゅう》グループの六人《にん》が早《はや》く開《あ》けてほしいと待《ま》ちかまえていた。

最終《さいしゅう》グループですべるショートの上位《じょうい》六人《にん》は、一位《い》から、愛知代表《あいちだいひょう》の葉月陽菜《はづきはるな》さん、東京代表《とうきょうだいひょう》の涼森美桜《すずもりみお》ちゃん、宮城代表《みやぎだいひょう》の七海優羽《ななみゆう》ちゃん、大阪代表《おおさかだいひょう》の中嶋亜子《なかじまあこ》ちゃん、京都代表《きょうとだいひょう》の八坂琴音《やさかことね》さん、そして六位《い》が東京代表《とうきょうだいひょう》のわたし・春野《はるの》かすみという順位《じゅんい》。

きのうの夕方《ゆうがた》あった抽選会《ちゅうせんかい》の結果《けっか》、滑走順《かっそうじゅん》は亜子《あこ》ちゃん、八坂《やさか》さん、優羽《ゆう》ちゃん、葉月《はづき》さん、わたし、美桜《みお》ちゃんということになっていた。

六分間練習開始《ぷんかんれんしゅうかいし》のアナウンスと同時《どうじ》に、六人《にん》がいっせいにリンクにとびだした。

それぞれの曲《きょく》に合《あ》わせた、色《いろ》あざやかな衣装《いしょう》が真《ま》っ白《しろ》な氷《こおり》の上《うえ》を、縦横無尽《じゅうおうむじん》に駆《か》けめぐる。

会場《かいじょう》のあちこちで「ガンバッ！」「がんばれ〜！」という声援《せいえん》がひびきわたった。

だれかがジャンプを成功《せいこう》するたびに「わぁ〜っ！」という歓声《かんせい》と拍手《はくしゅ》もわきおこる。

すべっているあいだにほかの子《こ》とぶつからないように気《き》は配《くば》っているけれど、ずっと見《み》ているわけじゃないから、だれがどんなジャンプをとんでいるのかはわからない。

でも、ひときわ大《おお》きく熱狂的《ねっきょうてき》な歓声《かんせい》は、たぶんだれかがトリプルアクセルをとんだのだろう。

わたしもトリプルアクセルをとんでみたけど、もう少《すこ》しのところで回転《かいてん》が足《た》りなくて転《ころ》んでしまった。

うん、でもタイミングはわりとよかったし、転《ころ》んだけどいやな感《かん》じのこけ方《かた》じゃなかった。寺島先生《てらしませんせい》もゆるしてくれてたし、試合本番《しあいほんばん》で挑戦《ちょうせん》するのもアリかもしれない。

次《つぎ》にとんでみた、トリプルフリップ＋トリプルループのコンビネーションがうまくできたので、アクセルを二回転《かいてん》から三回転《かいてん》に変《か》えてみてもだいじょうぶな気《き》がしてきた。

亜子《あこ》ちゃんや葉月《はづき》さんがとんでいるからわたしも……っていう気持《きも》ちも正直《しょうじき》いって少《すこ》しはあるけど、やっぱり純粋《じゅんすい》に「とんでみたい」んだ。

むずかしいジャンプ、おぼえたてのジャンプは、いくら練習《れんしゅう》ではとべていても、試合本《しあいほん》番《ばん》で成功《せいこう》しなければほんとうにとべるようになったことにはならない。

本番《ほんばん》でとぶんだったら、もう一度《いちど》くらい試《ため》しておかなきゃ……と思《おも》ったとき、練習時間《れんしゅうじかん》終了《しゅうりょう》のアナウンスが聞《き》こえた。

五人《にん》がリンクから上《あ》がり、第《だい》一滑走《かっそう》の亜子《あこ》ちゃんひとりだけが残《のこ》される。

五番滑走《ばんかっそう》だったら控《ひか》え室《しつ》までもどって、いったんスケート靴《ぐつ》をぬいでストレッチしたり陸《りく》トレしたりするのがふつうだけど、リンクサイドのすみっこに残《のこ》ってリンクの中《なか》を見《み》つめた。

今朝《けさ》も、朝食会場《ちょうしょくかいじょう》で亜子《あこ》ちゃんを見《み》かけたんだけど、あいかわらずジュースとサラダぐらいしか食《た》べていなかった。

ショートでは転倒《てんとう》はあったけれど、ジャンプがとべないとかステップでつまずくとか、食事《しょくじ》ができてないのが原因《げんいん》のミスはなかった。

でもフリーになるとショートより三十秒《びょう》以上《いじょう》も時間《じかん》が長《なが》くなる。何日《なんにち》もろくに食《た》べていなければ、体力《たいりょく》が持《も》たないかもしれない。

深紅《しんく》のパンツスタイルの衣装《いしょう》をまとった亜子《あこ》ちゃんがリンク中央《ちゅうおう》で停止《ていし》すると、客席《きゃくせき》からふりそそいでいた声援《せいえん》がピタリとやんだ。

草原《そうげん》に吹《ふ》く風《かぜ》のように透《す》きとおったフルートのメロディーに乗《の》って、亜子《あこ》ちゃんは最初《さいしょ》のジャンプの助走《じょそう》に入《はい》った。

前向《まえむ》きにふみきったそのジャンプは、だれもが期待《きたい》していたトリプルアクセルだ。

すごい、回転《かいてん》が速《はや》い！

これは成功《せいこう》したと思《おも》ったのに、なぜか亜子《あこ》ちゃんは氷《こおり》の上《うえ》にしりもちをついていた。

着氷《ちゃくひょう》がほんのわずかに傾《かたむ》いていたのを、こらえきれずに転倒《てんとう》してしまったみたい。

全日本《ぜんにほん》ジュニアではアクセルのあとにトリプルトウループをつけてコンビネーションにしていたけど、転《ころ》んでしまってはつけられない。

それでも、亜子《あこ》ちゃんは一瞬《いっしゅん》のうちにおきあがって、次《つぎ》のエレメンツに向《む》かっていた。

上半身《じょうはんしん》をそらしながら高速回転《こうそくかいてん》するレイバックスピンから、足《あし》を真後《まうし》ろに片手《かたて》で持《も》ち上《あ》げるビールマンスピンまでの自然《しぜん》な流《なが》れ。

手《て》のひらの向《む》きや腕《うで》の振《ふ》り方《かた》にエキゾチックな要素《ようそ》を入《い》れつつ、足《あし》もとのエッジさばきもカンペキな、美《うつく》しいサーキュラーステップ。

プログラム中盤《ちゅうばん》の、今《いま》まで単発《たんぱつ》のトリプルルッツを入《い》れていた箇所《かしょ》にさしかかったとき、思《おも》わず「えっ!?」と声《こえ》をあげそうになった。

フリーレッグの左足《ひだりあし》をななめ前《まえ》に少《すこ》し上《あ》げて、左足《ひだりあし》で前向《まえむ》きにすべるその助走《じょそう》は、まさか二本目《ほんめ》のトリプルアクセル!?

だいぶつかれてきていると思《おも》うのに、亜子《あこ》ちゃんはカンペキなトリプルアクセルをとんだ。

コンビネーションはつけなかったけれど、フリーレッグもきれいに上《あ》がり、後《うし》ろにすぅーっと流《なが》れていくジャンプは、もう百点満点《てんまんてん》のトリプルアクセルだった。

会場《かいじょう》はほんとうに地《じ》ひびきがしたと思《おも》うほど、わきにわいている。

このまま、ミスは最初《さいしょ》の転倒《てんとう》だけで最後《さいご》までつっ走《ぱし》るのかな、と思《おも》ったとき、亜子《あこ》ちゃんはここ最近《さいきん》ミスしたことのない単発《たんぱつ》のトリプルフリップを転倒《てんとう》した。

少《すこ》し軸《じく》がゆがんでいたけど、なんとか修正《しゅうせい》しておりることができた、って思《おも》ってたのに。

転倒《てんとう》してしまうと、なかなかおきあがれなくなってしまい、なんとかおきあがってすべりだしてもすぐに、また倒《たお》れてしまう。

あのトリプルアクセルを成功《せいこう》させたところで、パワーを全部使《ぜんぶつか》い果《は》たしてしまったように見《み》えた。

終《お》わってみれば、ジャンプの転倒《てんとう》が三回《かい》とスピンでつまずいてレベルが取《と》れなかったところもあって、その時点《じてん》で亜子《あこ》ちゃんは二位《い》という順位《じゅんい》になった。

以前大失敗《いぜんだいしっぱい》したとき大泣《おおな》きした亜子《あこ》ちゃんも、今回《こんかい》はぼんやり無表情《むひょうじょう》のまま点数《てんすう》の出《で》た電光掲示板《でんこうけいじばん》を見上《みあ》げている。

大泣《おおな》きしないくらい大人《おとな》になったということなのかもしれないけど、わたしには、泣《な》く体力《たいりょく》も残《のこ》っていないように見《み》えた。

次《つぎ》の滑走順《かっそうじゅん》の八坂《やさか》さんの名前《なまえ》がコールされて、あわててリンクサイドから裏《うら》の通路《つうろ》に駆《か》けだした。

自分《じぶん》ももうすぐすべるというのに、いつまでも肌寒《はだざむ》いリンクサイドに立《た》っているわけにはいかない。

とにかく更衣室《こういしつ》にもどろうと歩《ある》きだしたとき、ミックスゾーンで亜子《あこ》ちゃんの取材《しゅざい》が始《はじ》まっていた。

さっきは放心《ほうしん》したみたいになってたのに、記者《きしゃ》さんたちの前《まえ》ではいつものように明《あか》るくハキハキと答《こた》えているのが見《み》えて、ちょっとだけ安心《あんしん》した。

亜子《あこ》ちゃんの演技《えんぎ》を見《み》てしまってたせいで、あまり時間《じかん》のよゆうはなくなっちゃったけど、更衣室《こういしつ》で少《すこ》しだけ休《やす》んだりストレッチして体《からだ》をほぐしたりした。

そのあいだそばについててくれた寺島先生《てらしませんせい》は、口数少《くちかずすく》なめで、しゃべってもぶっきらぼうな感《かん》じなのが、すごくふだんどおりだった。

わたしが亜子《あこ》ちゃんの演技《えんぎ》をずっと見《み》ていたことは知《し》ってたみたいだけど、特《とく》に叱《しか》られたりもしなかった。

「そろそろ行《い》こうか。」

と促《うなが》されてふたたびリンクサイドにもどると、わたしの前《まえ》にすべっている葉月《はづき》さんの演技《えんぎ》が、大《おお》づめにさしかかったようだった。

ワインカラーの衣装《いしょう》に身《み》をつつんだ貴婦人《きふじん》に扮《ふん》した葉月《はづき》さんが、仮面舞踏会《かめんぶとうかい》のワルツに合《あ》わせて激《はげ》しくステップをふんでいる。

ラストのスピンも、回転《かいてん》の速《はや》さと特殊《とくしゅ》なポジションチェンジによって、ほかにはない情《じょう》熱的《ねってき》な色合《いろあ》いを持《も》つスピンになっていた。

演技《えんぎ》が終《お》わると、たくさんの観客《かんきゃく》がスタオベしている。

リンクに入《はい》り、足《あし》ならしで流《なが》してすべっていたとき、場内《じょうない》はまた大歓声《だいかんせい》につつまれた。

そのとき一位《い》だった優羽《ゆう》ちゃん（どんな演技《えんぎ》だったんだろ、見《み》たかったなぁ。）の上《うえ》に、総合得点《そうごうとくてん》ではかなりの差《さ》をつけて、葉月《はづき》さんがとびこんだ形《かたち》になった。

場内《じょうない》のざわめきがおさまってきたころ、名前《なまえ》がコールされた。

寺島先生《てらしませんせい》のところにいったんもどって、フェンスごしにさしだされた手《て》をにぎり合《あ》う。

強《つよ》いまなざしでわたしを見《み》つめる先生《せんせい》は、口《くち》もとをかすかにゆるめ、笑《え》みを浮《う》かべた。

「自分《じぶん》の思《おも》うとおりに、思《おも》いっきりやってきなさい。」

先生《せんせい》がいってくれた言葉《ことば》に大《おお》きくうなずいて、にぎった手《て》をブンッと振《ふ》ってから、リンク中央《ちゅうおう》へとすべりだす。

自分《じぶん》の思《おも》うとおりにやってみてもだいじょうぶだって、そう思《おも》えるためには、勇気《ゆうき》と自《じ》信《しん》が必要《ひつよう》だ。

勇気《ゆうき》も自信《じしん》も、いざというときに見失《みうしな》ってしまいそうになるけれど、そんなときには、いつもわたしを支《ささ》えてくれている大切《たいせつ》なものたちを思《おも》いだすんだ。

演技開始位置《えんぎかいしいち》で止《と》まる前《まえ》に、ほんの数秒《すうびょう》だけ、胸《むな》もとに手《て》をやった。

衣装《いしょう》ごしにふれるのは、スケート靴《ぐつ》と氷《こおり》の結晶《けっしょう》のペンダント。

わたしを守《まも》ってくれるお守《まも》りのペンダントは、瀬賀《せが》くんからのプレゼント。

それと、パパと花音《かのん》さんがわたしにくれた魔法《まほう》の言葉《ことば》が、わたしを支《ささ》えてくれる。

——だいじょうぶ。きっとできる。自分《じぶん》を信《しん》じて！　——

心《こころ》の中《なか》でずっとつぶやきながら、最初《さいしょ》のジャンプの助走《じょそう》に入《はい》る。

冒頭《ぼうとう》のコンビネーションジャンプ、トリプルフリップ＋トリプルループがきれいに決《き》まったとき、「思《おも》うとおりに、思《おも》いっきり」やってみる勇気《ゆうき》がわいてきた。

曲《きょく》に合《あ》わせてスピンを回《まわ》りステップをふむうちに、白一色《しろいっしょく》のリンクが、シンデレラの働《はたら》く台所《だいどころ》に——仙女様《せんにょさま》が贈《おく》ってくれたカボチャの馬車《ばしゃ》に——お城《しろ》の舞踏会場《ぶとうかいじょう》にと、変化《へんか》していく。

プログラムの後半《こうはん》、シンデレラが王子様《おうじさま》の前《まえ》に姿《すがた》を現《あらわ》す瞬間《しゅんかん》を表現《ひょうげん》してとんでいたジャンプ。

いつもダブルアクセル＋ダブルループ＋ダブルトウループの組《く》み合《あ》わせだったところを、自分《じぶん》の思《おも》うとおりに思《おも》いっきり変《か》えてみようと思《おも》った。

アクセルジャンプだから、助走《じょそう》の軌道《きどう》は同《おな》じ。

いつもよりスピードに乗《の》って、前向《まえむ》きふみきりで空《そら》へと舞《ま》いあがるイメージで——。

風《かぜ》を切《き》る冷《つめ》たい感触《かんしょく》につつまれて、ハッと我《われ》に返《かえ》ったときには、リンクに歓声《かんせい》がこだましていた。

まだ数回《すうかい》しか成功《せいこう》したことがないけれど、着氷《ちゃくひょう》した右足《みぎあし》をふんばって、氷《こおり》に左足《ひだりあし》のトウをついて思《おも》いきりふみきった。

トリプルアクセルのあとにつけたダブルトウループも、流《なが》れるように着氷《ちゃくひょう》できた。

鳴《な》りやまない歓声《かんせい》と拍手《はくしゅ》の中《なか》、最高《さいこう》にしあわせな気分《きぶん》のままワルツのステップをふむ。

この曲《きょく》をすべるといつでも浮《う》かんでくる、瀬賀《せが》くんとのアイスダンスの思《おも》い出《で》が、足《あし》の運《はこ》びを軽《かる》くしてくれた。

十二時《じ》の鐘《かね》が鳴《な》ると、魔法《まほう》はとけてしまうはずなのに、今日《きょう》はちがってた。

演技《えんぎ》が終《お》わり、片膝《かたひざ》を曲《ま》げたレヴェランス（バレエなどの正式《せいしき》なおじぎ）をしているあいだも、会場総立《かいじょうそうだ》ちになったお客《きゃく》さんたちの拍手《はくしゅ》が、なかなか鳴《な》りやまない。

トリプルアクセル、とぼうとしたのはおぼえてるんだけど、成功《せいこう》した気《き》がしないというか頭《あたま》がぼんやりしてるというか……とにかく記憶《きおく》が定《さだ》かでないんだけど。

こんなにみんな喜《よろこ》んでくれてるんだから、きっと成功《せいこう》したんだよね。

トリプルアクセルがちゃんと成功《せいこう》していたことは、このあとすぐミックスゾーンに連《つ》れていかれ、やたらほめられたり質問《しつもん》ぜめにあうことで、やっと実感《じっかん》できたのだった。

16

思《おも》いがけないエキシビション

全日本《ぜんにほん》ジュニアや全日本《ぜんにほん》ノービスでは、大会期間内《たいかいきかんない》におこなわれるエキシビションはない。

ノービスとジュニアの男女《だんじょ》チャンピオンが四人《にん》と、世界《せかい》ジュニアに出場《しゅつじょう》する代表選手《だいひょうせんしゅ》たち（シーズンによって人数《にんずう》がちがう）は、年末《ねんまつ》の全日本選手権《ぜんにほんせんしゅけん》のエキシビションに出場《しゅつじょう》することになっているからだ。

全中《ぜんちゅう》では、エキシも大会内《たいかいない》でおこなわれるので、女子《じょし》のフリーが終《お》わってすぐ、三位以《いい》内《ない》の選手《せんしゅ》たちはエキシ用衣装《よういしょう》に着替《きが》えるため、更衣室《こういしつ》へと急《いそ》ぐ。

わたしの前《まえ》を早足《はやあし》で歩《ある》いているのは、二位《い》になった美桜《みお》ちゃんだ。

わたしのすぐあとの滑走順《かっそうじゅん》だったせいで、いろいろ取材《しゅざい》を受《う》けているうちに、美桜《みお》ちゃんの演技《えんぎ》が見《み》られなかったことも大《おお》きな心残《こころのこ》りだ。

「かすみちゃん！　たぶん三位《い》からだから、あんたがいちばん急《いそ》がないと！」

歩《ある》くのが遅《おそ》いわたしにイライラした美桜《みお》ちゃんに手《て》を引《ひ》っぱられ、通路《つうろ》を急《いそ》いでいると、急《きゅう》に思《おも》いだしたことがあった。

わたし、エキシ用《よう》の衣装《いしょう》なんて持《も》ってきてたっけ？

あと音源《おんげん》CD《シーディー》も、今日《きょう》のキャリーに入《い》れた記憶《きおく》がないよ！

わたしが急《きゅう》に立《た》ち止《ど》まってしまったので、美桜《みお》ちゃんは眉《まゆ》をひそめながら振《ふ》りむいた。

「ご、ごめんなさい。わたし、エキシの曲《きょく》、忘《わす》れてきたみたい……。」

「なんですってぇ～!!」

ひぇえ～、久々《ひさびさ》に美桜《みお》ちゃんに本気《ほんき》でどなられちゃった。

「まさか、また『わたしなんかが三位《い》に入《はい》るわけないしぃ～。』みたいなバカなこと考《かんが》えて、持《も》ってこなかったわけぇ～？」

「ちがうちがう、ちがいます！　ほんとにうっかり忘《わす》れただけなの。」

ほんとに自分《じぶん》でもバカだって思《おも》うよ。

なんでエキシのこと、すっかり忘《わす》れ去《さ》ってたんだろう。

美桜《みお》ちゃん、ほんとにほんとにごめんなさい。

「しかたない。さっき返《かえ》してもらったばかりのフリーの曲《きょく》で、もう一度《いちど》すべるしかないでしょ。」

たしかに、美桜《みお》ちゃんのいってくれたその方法《ほうほう》が、いちばんマシだろうと思《おも》う。

でも、さっきあんなにスタオベもらったのに、もう一回同《かいおな》じ曲《きょく》をすべるなんて、見《み》てる人《ひと》たちがしらけちゃうよ。

みんな「え〜、さっき見《み》たばかりだし、さっきよりヘタじゃん。」って思《おも》うよね。

更衣室《こういしつ》に向《む》かう美桜《みお》ちゃんと別《わか》れて、フリー曲《きょく》のCD《シーディー》を手《て》に、とぼとぼ引《ひ》きかえしていたとき——。

「あの、かすみちゃん……。」

声《こえ》をかけられて顔《かお》を上《あ》げると、めずらしくフリルのいっぱいついた王子様風衣装《おうじさまふういしょう》の塁《るい》くんが立《た》っていた。

「なんか、聞《き》こえてきちゃったんだけど、エキシの音源《おんげん》ないって、ほんと？」

美桜《みお》ちゃんと大声《おおごえ》でいい合《あ》ってたから、ほかの人《ひと》にも聞《き》こえてしまってたんだ。

あらためて、はずかしさが増《ま》してくる。

「うん、CD《シーディー》も衣装《いしょう》もホテルに忘《わす》れてきたみたい。」

ちょっと泣《な》きそうになっていたら、塁《るい》くんが大《おお》きく一歩《ぽ》こっちに歩《あゆ》みよって、姿勢《しせい》を正《ただ》したように見《み》えた。

「おれ、ふつうのエキシ曲《きょく》のほかに、『シンデレラ』のデュエット曲《きょく》……ほら、夏《なつ》にアイスショーでかすみちゃんと瀬賀《せが》くんがダンスしたやつのCD《シーディー》、持《も》ってきてるんだ。」

「えっ？」

顔《かお》を上《あ》げると、塁《るい》くんがほっぺを赤《あか》くそめて目《め》をそらしながら、CD《シーディー》ケースを目《め》の前《まえ》にさしだしていた。

「あのとき、かすみちゃんの練習相手《れんしゅうあいて》だったから、おれもダンスのステップおぼえてるし。もし、かすみちゃんもまだ踊《おど》れるようなら、エキシ、これにしようぜ。」

目《め》の前《まえ》に出《だ》されたままかすかにふるえているCD《シーディー》ケースを、おそるおそる受《う》け取《と》る。

「でも、塁《るい》くんひとりですべる予定《よてい》の曲《きょく》、あったんでしょう？　せっかく練習《れんしゅう》したのに、もったいなくない？」

「それはべつにいいって。真子《まこ》たちの趣味《しゅみ》で『美女《びじょ》と野獣《やじゅう》』やることになってたから、『シンデレラ』でもたいして変《か》わらねえよ。……それに、ほんとはさ、もしおれが優勝《ゆうしょう》したら、かすみちゃんに無理《むり》にお願《ねが》いしてでも、いっしょにすべってもらおうと思《おも》ってたから。ちょうどよかったんだ。」

どうしよう。そこまでいってくれるんだったら、お言葉《ことば》にあまえて、いっしょにすべってもらってもだいじょうぶなのかな。

「それじゃあ……よろしくお願《ねが》いします。」

感謝《かんしゃ》をこめて頭《あたま》を下《さ》げると、なぜか塁《るい》くんまでペコリとおじぎしていた。

「エキシビションのトップバッターは、男子《だんし》三位《い》の水島塁《みずしまるい》さんと女子《じょし》三位《い》の春野《はるの》かすみさんによるアイスダンス『シンデレラ』です。」

アナウンスとともに、塁《るい》くんと手《て》をつないでリンク中央《ちゅうおう》にすべっていく。

リンクサイドにたむろしている男子《だんし》の入賞者《にゅうしょうしゃ》（八位《い》までが入賞《にゅうしょう》）たちが、あからさまに

「ヒュ〜ヒュ〜。」とはやしたてているのが聞《き》こえた。

塁《るい》くんは口《くち》の動《うご》きで『うるせぇ、だまれ！』って男子《だんし》たちを威嚇《いかく》してるけど、わたしは前《まえ》を向《む》いたまま無視《むし》していた。

だって、アイスダンスなんだから手《て》をつなぐのは当然《とうぜん》だし。

瀬賀《せが》くんとアイスダンスしたときのような、ときめきもドキドキもなくて、やっぱり塁《るい》くんは友《とも》だちなんだな、と思《おも》う。

これはエキシビション、観客《かんきゃく》を楽《たの》しませるためのプログラムなんだから。

はずかしがっても、変《へん》に緊張《きんちょう》しても、お客《きゃく》さんを楽《たの》しませることはできない。

映画《えいが》の『シンデレラ』でエンディングに流《なが》れたデュエット曲《きょく》がリンクに流《なが》れて、そのメロディーに乗《の》って塁《るい》くんとふたり、ダンスを始《はじ》めた。

出番前《でばんまえ》の打《う》ち合《あ》わせで、アイスショーのときには最初何小節《さいしょなんしょうせつ》かわたしひとりですべっていたところも、ふたりですべることにした。

ジャンプは入《い》れられないので、腕《うで》はダンスのホールドをして、基本《きほん》として習《なら》ったワルツステップだけでしばらく踊《おど》る。

アイスショーのあと、もう何《なん》か月《げつ》もすべっていなかったのに、ふたりともちゃんとアイスダンスのステップをおぼえていた。

ショーのときは、瀬賀《せが》くんが引《ひ》っぱってくれるので安心《あんしん》して踊《おど》れたけれど、塁《るい》くんとだと、自分《じぶん》もしっかりすべらなきゃ、って責任感《せきにんかん》が芽生《めば》えてくる。

リンクの広《ひろ》さいっぱいに、ふたりのエッジが仲《なか》よくならんでクルクルと花《はな》びらのような模様《もよう》を描《えが》いてゆく。

ドキドキやときめきはないけれど、風《かぜ》を切《き》ってすべる感触《かんしょく》がとても心地《ここち》よくて、心《こころ》からのほほえみが浮《う》かんでくる。

塁《るい》くんも、きのう「棄権《きけん》する〜、やめる〜。」って泣《な》きわめいてたのがウソみたいに、一見《いっけん》カッコいいかもって思《おも》うような、さわやかな笑顔《えがお》ですべり続《つづ》けていた。

知《し》っているとストーリーがもっとおもしろくなるQ&A《キュー アンド エー》

Q スケート大会《たいかい》はどんな会場《かいじょう》で開催《かいさい》されるの？

A たいていは客席《きゃくせき》のあるスケートリンクで行《おこな》われます。（スケートリンクには一年中氷《いちねんじゅうこおり》を張《は》っている所《ところ》と夏《なつ》はプールなどになる所《ところ》があります。）大《おお》きな大会《たいかい》の場合《ばあい》、たくさん客席《きゃくせき》がある体育館《たいいくかん》やコンサート会場《かいじょう》に氷《こおり》を張《は》って試合《しあい》をすることもあります。全中《ぜんちゅう》が開催《かいさい》されたビッグハットは、長野《ながの》オリンピックのときに造《つく》られたリンクで、夏《なつ》の間《あいだ》はイベント会場《かいじょう》として使《つか》われています。

Q キスクラって何《なん》のこと？

A 演技《えんぎ》を終《お》えた選手《せんしゅ》とコーチが採点《さいてん》の結果《けっか》を待《ま》つ場所《ばしょ》。キス&《アンド》クライの略《りゃく》。高得点《こうとくてん》に喜《よろこ》んでコーチとハグしたりテレビカメラに投《な》げキスしたり、思《おも》うような演技《えんぎ》ができず悔《くや》しくて泣《な》き出《だ》したりするので、そう呼《よ》ばれるようになったのかも。

Q ミックスゾーンってどんなところ？

A スポーツの大会《たいかい》が行《おこな》われるときに、試合会場《しあいかいじょう》と控《ひか》え室《しつ》や客席《きゃくせき》などとの間《あいだ》にある、取材用《しゅざいよう》の場所《ばしょ》。

報道関係者《ほうどうかんけいしゃ》が選手《せんしゅ》を呼《よ》び止《と》めてインタビューすることができます。選手《せんしゅ》の背後《はいご》のボードには大会《たいかい》のロゴなどが描《えが》かれています。

Q 整氷時間《せいひょうじかん》はどんなことをするの？

A 独特《どくとく》の形《かたち》の整氷車《せいひょうしゃ》がリンク内《ない》をくまなく走《はし》り回《まわ》り、スケート靴《ぐつ》のエッジでできた氷《こおり》のデコボコを削《けず》って平《たい》らにします。ザンボニー社製《しゃせい》の整氷車《せいひょうしゃ》が多《おお》いので「ザンボ」と呼《よ》ばれることもあり、整氷時間《せいひょうじかん》をザンボタイムと呼《よ》ぶ人《ひと》もいます。整氷車《せいひょうしゃ》が入《はい》る前《まえ》に、目立《めだ》った溝《みぞ》や穴《あな》を作業員《さぎょういん》さんがバケツに入《い》れたかき氷状《ごおりじょう》の氷《こおり》でおおまかに埋《う》めていることも。整氷時間《せいひょうじかん》（15分《ふん》くらい）の

間《あいだ》にカテゴリーが変《か》わる場合《ばあい》はジャッジが交代《こうたい》したり、観客《かんきゃく》も休憩《きゅうけい》したりトイレに行《い》ったりします。

＊著者紹介

風野《かぜの》　潮《うしお》

大阪府生まれ。大学時代は吹奏楽部に所属。第38回講談社児童文学新人賞を受賞した『ビート・キッズ』で1998年にデビュー。同作で第36回野間児童文芸新人賞・第9回椋鳩十児童文学賞受賞。ほかの作品に、『ビート・キッズII』『レントゲン』「クリスタル エッジ」シリーズ、「竜巻少女」シリーズ（以上、講談社)、「エリアの魔剣」シリーズ（岩崎書店)、『モデラートで行こう♪』(ポプラ社)、『ゲンタ！』(ほるぷ出版）などがある。

＊画家紹介

Nardack《ナルダク》

セーラームーン、魔法少女が大好きなイラストレーター。おもな挿絵に、『失恋探偵ももせ』(KADOKAWA)、『睦笠神社と神さまじゃない人たち』(宝島社）などがある。

この作品は書き下ろしです。

講談社　青い鳥文庫

氷《こおり》の上《うえ》のプリンセス
ジュニア編《へん》1
風野《かぜの》　潮《うしお》

2017年12月15日　第1刷発行
2019年2月19日　第5刷発行

（定価はカバーに表示してあります。）

発行者　渡瀬昌彦
発行所　株式会社講談社
東京都文京区音羽2-12-21　郵便番号112-8001
電話　編集（03）5395-3536
販売（03）5395-3625
業務（03）5395-3615

N.D.C.913　248p　18cm

装　丁　久住和代
印　刷　図書印刷株式会社
製　本　図書印刷株式会社
本文データ制作　講談社デジタル製作

Printed in Japan

（落丁本・乱丁本は、購入書店名を明記のうえ、小社業務あてにお送りください。送料小社負担にておとりかえします。）

■この本についてのお問い合わせは、青い鳥文庫編集まで、ご連絡ください。

ISBN978-4-06-285672-0

おもしろい話がいっぱい！

黒魔女さんが通る!! シリーズ

黒魔女さんが通る!! (0)〜(20)　石崎洋司
6年1組 黒魔女さんが通る!! (01)〜(03)　石崎洋司
黒魔女の騎士ギューバッド (全3巻)　石崎洋司
魔女学校物語 (1)〜(3)　石崎洋司

おっことチョコの魔界ツアー　令丈ヒロ子 石崎洋司
恋のギュービッド大作戦！　令丈ヒロ子 石崎洋司
魔リンピックでおもてなし　令丈ヒロ子 石崎洋司

若おかみは小学生！ シリーズ

若おかみは小学生！ (1)〜(20)　令丈ヒロ子
おっこのTA-WANおかみ修業！　令丈ヒロ子
若おかみは小学生！スペシャル短編集(1)〜(2)　令丈ヒロ子

アイドル・ことまり！ シリーズ

温泉アイドルは小学生！(1)〜(3)　令丈ヒロ子
アイドル・ことまり！ (1)〜(2)　令丈ヒロ子
メニメニハート　令丈ヒロ子

妖界《ようかい》ナビ・ルナ シリーズ

妖界ナビ・ルナ (1)〜(3)　池田美代子
新 妖界ナビ・ルナ (1)〜(11)　池田美代子

劇部《げきぶ》ですから！ シリーズ

劇部ですから！ (1)〜(2)　池田美代子

摩訶不思議《まかふしぎ》ネコ・ムスビ シリーズ

秘密のオルゴール　池田美代子
迷宮のマーメイド　池田美代子
虹の国バビロン　池田美代子
海辺のラビリンス　池田美代子
幻の谷シャングリラ　池田美代子
太陽と月のしずく　池田美代子
氷と霧の国トゥーレ　池田美代子
白夜のプレリュード　池田美代子
黄金の国エルドラド　池田美代子
砂漠のアトランティス　池田美代子
冥府の国ラグナロータ　池田美代子
遥かなるニキラアイナ　池田美代子

海色のANGEL《エンジェル》 (1)〜(5)　池田美代子／作 手塚治虫／原案
13歳は怖い　池田美代子 辻みゆき 伊藤クミコ にかいどう青

龍神王子《ドラゴン・プリンス》！シリーズ

龍神王子《ドラゴン・プリンス》！(1)〜(10)　宮下恵茉

パティシエ☆すばるシリーズ

パティシエになりたい！　つくもようこ
ラズベリーケーキの罠《わな》　つくもようこ
記念日のケーキ屋さん　つくもようこ
誕生日ケーキの秘密　つくもようこ
ウエディングケーキ大作戦！　つくもようこ
キセキのチョコレート　つくもようこ
チーズケーキのめいろ　つくもようこ
夢のスイーツホテル　つくもようこ
はじまりのいちごケーキ　つくもようこ
おねがい！　カンノーリ　つくもようこ
パティシエ・コンテスト！(1)　つくもようこ

ふしぎ古書店シリーズ

ふしぎ古書店(1)〜(5)　にかいどう青

獣《けもの》の奏者《そうじゃ》シリーズ

獣の奏者(1)〜(8)　上橋菜穂子
物語ること、生きること　上橋菜穂子／著　瀧晴巳／文・構成

パセリ伝説 水の国の少女(1)〜(12)　倉橋燿子
パセリ伝説外伝 守り石の予言　倉橋燿子
ポレポレ日記《ダイアリー》(1)〜(5)　倉橋燿子
地獄堂霊界通信(1)〜(2)　香月日輪
妖怪アパートの幽《ゆう》雅《が》な日常　香月日輪

化け猫　落語(1)　みうらかれん

予知夢がくる！(1)〜(6)　東多江子
フェアリーキャット(1)〜(3)　東多江子
魔法職人たんぽぽ(1)〜(3)　佐藤まどか
ユニコーンの乙女(1)〜(3)　牧野礼
それが神サマ!?(1)〜(3)　橘もも
プリ・ドリ(1)〜(2)　たなかりり
放課後ファンタスマ！(1)〜(3)　桜木日向
放課後おばけストリート(1)〜(2)　桜木日向

学校の怪談 ベストセレクション　常光徹

宇宙人のしゅくだい　小松左京

空中都市008　小松左京
青い宇宙の冒険　小松左京
ねらわれた学園　眉村卓

おもしろい話がいっぱい！

泣いちゃいそうだよ シリーズ

泣いちゃいそうだよ　小林深雪
もっと泣いちゃいそうだよ　小林深雪
いいこじゃないよ　小林深雪
ひとりじゃないよ　小林深雪
ほんとは好きだよ　小林深雪
かわいくなりたい　小林深雪
ホンキになりたい　小林深雪
いっしょにいようよ　小林深雪
もっとかわいくなりたい　小林深雪
夢中になりたい　小林深雪
信じていいの？　小林深雪
きらいじゃないよ　小林深雪
ずっといっしょにいようよ　小林深雪
やっぱりきらいじゃないよ　小林深雪
大好きがやってくる 七星《ななせ》編　小林深雪
大好きをつたえたい 北斗《ほくと》編　小林深雪
大好きな人がいる 北斗&七星編　小林深雪
泣いてないってば！　小林深雪
神様しか知らない秘密　小林深雪
七つの願いごと　小林深雪
転校生は魔法使い　小林深雪
わたしに魔法が使えたら　小林深雪
天使が味方についている　小林深雪
女の子ってなんでできてる？　小林深雪
男の子ってなんでできてる？　小林深雪
ちゃんと言わなきゃ　小林深雪
もしきみが泣いたら　小林深雪
魔法の一瞬で好きになる　小林深雪
作家になりたい！(1)〜(2)　小林深雪

トキメキ♥図書館 シリーズ

トキメキ♥図書館(1)〜(14)　服部千春
たまたま たまちゃん　服部千春

生活向上委員会！シリーズ

生活向上委員会！(1)〜(5)　伊藤クミコ

エトワール！シリーズ

エトワール！(1)〜(2)　梅田みか

DAYS《デイズ》シリーズ

DAYS(1)〜(2)　安田剛士／原作　石崎洋司／文

おしゃれプロジェクト(1)　MIKA POSA
air《エア》 だれも知らない5日間　名木田恵子
初恋×12歳　名木田恵子
友恋×12歳　名木田恵子
ドラキュラの町で、二人は　名木田恵子
ぼくはすし屋の三代目　佐川芳枝

講談社　青い鳥文庫

氷の上のプリンセス シリーズ

- 氷の上のプリンセス(1)～(9)　風野　潮

探偵チームKZ《カッズ》事件ノート シリーズ

- 消えた自転車は知っている　藤本ひとみ／原作　住滝　良／文
- 切られたページは知っている　藤本ひとみ／原作　住滝　良／文
- キーホルダーは知っている　藤本ひとみ／原作　住滝　良／文
- 卵ハンバーグは知っている　藤本ひとみ／原作　住滝　良／文
- 緑の桜は知っている　藤本ひとみ／原作　住滝　良／文
- シンデレラ特急は知っている　藤本ひとみ／原作　住滝　良／文
- シンデレラの城は知っている　藤本ひとみ／原作　住滝　良／文
- クリスマスは知っている　藤本ひとみ／原作　住滝　良／文
- 裏庭は知っている　藤本ひとみ／原作　住滝　良／文
- 初恋は知っている　若武編　藤本ひとみ／原作　住滝　良／文
- 天使が知っている　藤本ひとみ／原作　住滝　良／文
- バレンタインは知っている　藤本ひとみ／原作　住滝　良／文
- ハート虫は知っている　藤本ひとみ／原作　住滝　良／文
- お姫さまドレスは知っている　藤本ひとみ／原作　住滝　良／文
- 青いダイヤが知っている　藤本ひとみ／原作　住滝　良／文
- 赤い仮面は知っている　藤本ひとみ／原作　住滝　良／文
- 黄金の雨は知っている　藤本ひとみ／原作　住滝　良／文
- 七夕姫は知っている　藤本ひとみ／原作　住滝　良／文
- 消えた美少女は知っている　藤本ひとみ／原作　住滝　良／文
- 妖怪パソコンは知っている　藤本ひとみ／原作　住滝　良／文
- 本格ハロウィンは知っている　藤本ひとみ／原作　住滝　良／文
- アイドル王子は知っている　藤本ひとみ／原作　住滝　良／文
- 学校の都市伝説は知っている　藤本ひとみ／原作　住滝　良／文
- 危ない誕生日ブルーは知っている　藤本ひとみ／原作　住滝　良／文

妖精チームG《ジェニ》事件ノート シリーズ

- クリスマスケーキは知っている　藤本ひとみ／原作　住滝　良／文
- 星形クッキーは知っている　藤本ひとみ／原作　住滝　良／文
- 5月ドーナツは知っている　藤本ひとみ／原作　住滝　良／文

- マリー・アントワネット物語(上)(中)(下)　藤本ひとみ
- 新島八重《にいじまやえ》物語　幕末《ばくまつ》・維新《いしん》の銃姫《じゅうき》　藤本ひとみ

戦国武将物語 シリーズ

- 織田信長《おだのぶなが》　炎の生涯　小沢章友
- 豊臣秀吉《とよとみひでよし》　天下の夢　小沢章友
- 徳川家康《とくがわいえやす》　天下太平　小沢章友
- 黒田官兵衛《くろだかんべえ》　天下一の軍師　小沢章友
- 武田信玄《たけだしんげん》と上杉謙信《うえすぎけんしん》　小沢章友
- 真田幸村《さなだゆきむら》　風雲！ 真田丸　小沢章友
- 大決戦！ 関ケ原《せきがはら》　小沢章友
- 徳川四天王《とくがわしてんのう》　小沢章友

- 飛べ！ 龍馬《りょうま》　坂本龍馬物語　小沢章友
- 源氏物語《げんじものがたり》　あさきゆめみし(1)～(5)　大和和紀／原作　時海結以／文
- 平家物語《へいけものがたり》　夢を追う者　時海結以
- 竹取物語《たけとりものがたり》　蒼き月のかぐや姫　時海結以
- 枕草子《まくらのそうし》　清少納言のかがやいた日々　時海結以
- 南総里見八犬伝《なんそうさとみはっけんでん》(1)～(3)　曲亭馬琴／原作　時海結以／文
- 真田十勇士《さなだじゅうゆうし》　時海結以
- 雨月物語《うげつものがたり》　上田秋成／原作　時海結以／文

おもしろい話がいっぱい！

コロボックル物語

だれも知らない小さな国　佐藤さとる
豆つぶほどの小さないぬ　佐藤さとる
星からおちた小さな人　佐藤さとる
ふしぎな目をした男の子　佐藤さとる
小さな国のつづきの話　佐藤さとる
コロボックル童話集　佐藤さとる
小さな人のむかしの話　佐藤さとる

モモちゃんとアカネちゃんの本

ちいさいモモちゃん　松谷みよ子
モモちゃんとプー　松谷みよ子
モモちゃんとアカネちゃん　松谷みよ子
ちいさいアカネちゃん　松谷みよ子
アカネちゃんとお客さんのパパ　松谷みよ子
アカネちゃんのなみだの海　松谷みよ子
龍の子太郎　松谷みよ子
ふたりのイーダ　松谷みよ子

クレヨン王国 シリーズ

クレヨン王国の十二か月　福永令三
クレヨン王国の花ウサギ　福永令三
クレヨン王国　新十二か月の旅　福永令三
クレヨン王国　いちご村　福永令三
クレヨン王国　超特急24色ゆめ列車　福永令三
クレヨン王国　黒の銀行　福永令三

キャプテン シリーズ

キャプテンはつらいぜ　後藤竜二
キャプテン、らくにいこうぜ　後藤竜二
キャプテンがんばる　後藤竜二

霧のむこうのふしぎな町　柏葉幸子

地下室からのふしぎな旅　柏葉幸子
天井うらのふしぎな友だち　柏葉幸子
りんご畑の特別列車　柏葉幸子

かくれ家は空の上　柏葉幸子
ふしぎなおばあちゃん×12　柏葉幸子
大どろぼうブラブラ氏　角野栄子
でかでか人とちびちび人　立原えりか
ユタとふしぎな仲間たち　三浦哲郎
さすらい猫ノアの伝説(1)〜(2)　重松　清
少年H(上)(下)　妹尾河童
南の島のティオ　池澤夏樹
ぼくらのサイテーの夏　笹生陽子
楽園のつくりかた　笹生陽子
リズム　森　絵都
D《ダ》I《イ》VE《ブ》!!(1)〜(4)　森　絵都
十一月の扉　高楼方子
ロードムービー　辻村深月
十二歳　椰月美智子
しずかな日々　椰月美智子
旅猫リポート　有川　浩
幕が上がる　平田オリザ／原作　喜安浩平／脚本　古関万希子／文
ルドルフとイッパイアッテナ 映画ノベライズ　斉藤　洋／原作　加藤陽一／脚本　桜木日向／文
超高速！参勤交代 映画ノベライズ　土橋章宏／脚本　時海結以／文

講談社　青い鳥文庫

日本の名作

- 源氏物語　紫　式部
- 平家物語　高野正巳
- 坊っちゃん　夏目漱石
- 吾輩は猫である(上)(下)　夏目漱石
- くもの糸・杜子春　芥川龍之介
- 伊豆の踊子・野菊の墓　川端康成　伊藤左千夫
- 宮沢賢治童話集
  - 1 注文の多い料理店　宮沢賢治
  - 2 風の又三郎　宮沢賢治
  - 3 銀河鉄道の夜　宮沢賢治
  - 4 セロひきのゴーシュ　宮沢賢治
- 耳なし芳一・雪女　小泉八雲
- 舞姫　森　鷗外
- 次郎物語(上)(下)　下村湖人
- 走れメロス　太宰　治
- 怪人二十面相　江戸川乱歩
- 少年探偵団　江戸川乱歩
- 二十四の瞳　壺井　栄
- ごんぎつね　新美南吉

ノンフィクション

ほんとうにあった話

- 川は生きている　富山和子
- 道は生きている　富山和子
- 森は生きている　富山和子
- お米は生きている　富山和子
- 海は生きている　富山和子
- 窓ぎわのトットちゃん　黒柳徹子
- トットちゃんとトットちゃんたち　黒柳徹子
- 五体不満足　乙武洋匡
- 白旗の少女　比嘉富子
- 飛べ！　千羽づる　手島悠介
- マザー・テレサ　沖　守弘
- ピカソ　岡田好惠
- ヘレン・ケラー物語　東　多江子
- アンネ・フランク物語　小山内美江子
- サウンド・オブ・ミュージック　谷口由美子
- しっぽをなくしたイルカ　岩貞るみこ
- 命をつなげ！　ドクターヘリ　岩貞るみこ
- ハチ公物語　岩貞るみこ
- ゾウのいない動物園　岩貞るみこ
- 青い鳥文庫ができるまで　岩貞るみこ
- もしも病院に犬がいたら　岩貞るみこ
- 読書介助犬オリビア　今西乃子
- しあわせになった捨てねこ　今西乃子／原案　青い鳥文庫／編
- はたらく地雷探知犬　大塚敦子
- タロとジロ　南極で生きぬいた犬　東　多江子
- 盲導犬不合格物語　沢田俊子
- 世界一のパンダファミリー　神戸万知
- 海よりも遠く　白石康次郎／原案　和智正喜
- ぼくは「つばめ」のデザイナー　水戸岡鋭治
- ほんとうにあった オリンピックストーリーズ　日本オリンピック・アカデミー／監修
- ほんとうにあった 戦争と平和の話　野上　暁／監修
- ピアノはともだち　奇跡のピアニスト　辻井伸行の秘密　こうやまのりお
- ウォルト・ディズニー伝記　ビル・スコロン

「講談社《こうだんしゃ》　青《あお》い鳥文庫《とりぶんこ》」刊行《かんこう》のことば

太陽《たいよう》と水《みず》と土《つち》のめぐみをうけて、葉《は》をしげらせ、花《はな》をさかせ、実《み》をむすんでいる森《もり》。小《こ》鳥《とり》や、けものや、こん虫《ちゅう》たちが、春《はる》・夏《なつ》・秋《あき》・冬《ふゆ》の生活《せいかつ》のリズムに合《あ》わせてくらしている森《もり》。森《もり》には、かぎりない自然《しぜん》の力《ちから》と、いのちのかがやきがあります。

本《ほん》の世界《せかい》も森《もり》と同《おな》じです。そこには、人間《にんげん》の理想《りそう》や知恵《ちえ》、夢《ゆめ》や楽《たの》しさがいっぱいつまっています。

本《ほん》の森《もり》をおとずれると、チルチルとミチルが「青《あお》い鳥《とり》」を追《お》い求《もと》めた旅《たび》で、さまざまな体験《たいけん》を得《え》たように、みなさんも思《おも》いがけないすばらしい世界《せかい》にめぐりあえて、心《こころ》をゆたかにするにちがいありません。

「講談社《こうだんしゃ》　青《あお》い鳥文庫《とりぶんこ》」は、七十年《ねん》の歴史《れきし》を持《も》つ講談社《こうだんしゃ》が、一人《ひとり》でも多《おお》くの人《ひと》のために、すぐれた作品《さくひん》をよりすぐり、安《やす》い定価《ていか》でおおくりする本《ほん》の森《もり》です。その一さつ一さつが、みなさんにとって、青《あお》い鳥《とり》であることをいのって出版《しゅっぱん》していきます。この森《もり》が美《うつく》しいみどりの葉《は》をしげらせ、あざやかな花《はな》を開《ひら》き、明日《あす》をになうみなさんの心《こころ》のふるさととして、大《おお》きく育《そだ》つよう、応援《おうえん》を願《ねが》っています。

昭和《しょうわ》五十五年《ねん》十一月《がつ》

講　談　社